アルファの園の、秘密のオメガ

SI

S・i

CHOCOLAT BUNKO

ILLUSTRATION 松尾マアタ

C O N T E N T S

……01……


あと一時間ほどで、新年を迎えようとするころだった。

折り悪く嵐で水仙の丘は台無しになってしまったが、大温室の中にあるルズベリー校の庭園はいたって平穏無事だ。見事なバラは見頃だし、もうすぐ花火も上がるだろう。

中庭を取り囲むように植えられた淡いピンクのオールドローズ種の茂みは背が高く、トゲのない枝葉は、レスリーの姿を隠すのにちょうど良かった。

豊かな青い葉の隙間から覗くと、正面に二つの鐘楼《しょうろう》を擁《よう》するルズベリーの校舎が見える。ルネサンス建築様式の古い宮殿を改装したその建物は、美しい整数比に基《もと》づいて設計された端正な佇いで、ルーシティ島を訪れるアルファたちに愛されていた。

きらめくオレンジの光溢れるボールルームには優雅な弦楽器の音楽が流れ、すべての柱は花と絹のリボンで彩《いろど》られている。そのあわいを、南国の鳥のように着飾った人々がゆらゆらとゆきかう。金の糸、銀の食器、クリスタルのグラスが擦れ合う涼やかな音。

レスリーはその世界を、息を殺して睨みつけている。発情の予感に震えながら。

ルーシティ島がオメガの保護区になったのは百年前。

この国が繁栄を極めた時代だった。威厳あるアルファの女王は、最愛のつがいに先立たれたさい、彼の魂《たましい》を慰めるために、国中のオメガをこの島に集め楽園を作ったそうだ。

真っ白な石灰石の崖と、青く渦巻く深い海、気候は温暖で、島中に花が咲いている。

古きものの、歴史と不変がこの島の美徳だった。

景観保護のために、鉄筋コンクリートのビルや深夜営業のパブは禁止されるなど、現代社会の利便性から見れば不自由さはあるが、潤沢な資金を得て貧困は遠い。

ルーシティ島のオメガは何ひとつ不自由のない生活が保証され、適齢期になれば、裕福なアルファと幸せな結婚をして島を出る。幸福な家庭を築いて、いつまでも幸せに暮らすのだと、この国の人々はみな信じているようだ。

なんてくそったれなんだろう。

バラの植え込みのなかで、レスリーは、唯一知っている悪態を呪文のようにつぶやいた。

美しいアルファたち。上流階級に属し、威厳にあふれ、よく通る耳触りのいい声色、健康的で、バランスのとれたスタイルに、知性に輝く双眸《そうぼう》。

レスリーは170センチとオメガにしては背が高く、しっかりした体つきだが、平均身長が185センチを超えるアルファ達と並べば、まるで大人と子供なのだ。

生まれながらに全てを持っているアルファ達が、レスリーは憎らしかった。

この国の子供は生まれてすぐに検査を受ける。男女という表面的に明確な第一の性とは別の、アルファ、ベータ、オメガという、隠された第二の性を確認するためだ。

ベータは最も一般的で、とりたてて身体への影響のない因子だ。オメガは第一の性が男性でも妊娠可能で、おおよそ三ヶ月に一度発情期が訪れる。アルファは男女ともども女性ベータやオメガを妊娠させることができ、発情期のオメガのフェロモンに影響を受ける。

この国ではオメガが人口に占める率は五％ほど。アルファはその倍存在する。

オメガの伴侶を持つのはアルファのステータスだ。オメガは妊娠しやすく、アルファとの間に生まれる子供はアルファの率が高いからだ。

アルファ同士での出生率は低く、ベータとアルファ間にアルファは生まれない。

アルファの血統は存続を義務付けられており、アルファの爵位や財産は限嗣《げんし》相続《そうぞく》制によってアルファの血族にしか継承できない。オメガがいなければ、アルファの繁栄は失われてしまう。

ゆえにオメガは先進国であればあるほど厳重な保護法で守られている。

けれど実際は人権も自由もないとレスリーは思っている。

その証拠に、赤ん坊がオメガと判別されれば、即刻親から引き離され、この島に保護という名で隔離されて、アルファとつがいにならない限りどこにも行けないのだ。

どんなに大事に守られようとも、自由がないならそれは牢獄と変わらない。

アルファたちはオメガを守っているのではない、愛してもいない。搾取《さくしゅ》しているだけだ。

そんなレスリーの主張を、仲間のオメガたちのほとんどは理解しようとしない。

なぜならオメガたちは物心つく前から、日常のいたる場面で、アルファのつがいとしての洗脳を受けるからだ。

例えばラジオから流れる一篇の詩、図書館に飾られた絵画、通りを流れる音楽。それらが全て、オメガはアルファと結ばれて完璧な幸福を手に入れられると囁きかけてくる。

それは同時に、オメガはアルファの庇護なしには生きられないという呪いでもあった。

スクールの授業もまた、上流階級の伴侶としての作法や、人に好かれる仕草、美しい発音や、語学や文学の教養、食事のマナー、花の名前やダンスのステップや楽器の演奏など、社交に関することは徹底して教えられるが、政治や科学の実用分野には触れられない。

近年になってやっと、オメガへの教育方法に疑問を持つ声が上がり、せめて高い学力を有するオメガには、アルファやベータと同等の授業を受けさせようという動きが出てきた。その理念をもとに設立されたのが、このルズベリー校だ。

だがここの学生ですらオメガの呪縛のなかにいる。

生徒のほとんどは、未来の伴侶のサポートが目的で勉学に励んでいる。

結局、レスリーのようにアルファを敵視しているものは異端扱いのままだ。

「僕だって、最初からこんなんじゃなかったのに」

レスリーはひとりごち、奥歯を噛み締めた。

レスリーはいわゆるギフテッドだった。幼いころから聡明で、その能力の高さはニュースに取り上げられて話題になったほどだった。

レスリーにとって最も幸福だった幼少期。皆がレスリーを褒めたたえていた。アルファだって敵わない、とまで言われていた。今ではそれが話題性を高めるためのパフォーマンスだったとわかるが、幼いレスリーはそのお世辞をまともに受け取っていた。

アルファよりも優秀なオメガであろうとした。そのために、勉学にはげみ、体も鍛えた。礼儀正しく、意思が強く、勇敢なレスリーは、いつでも皆の中心的存在だった。

ルズベリー校には主席で合格した。学年の監督生には毎年当然のように選ばれた。だからうぬぼれた、と言われればそうなのかもしれない。

いつしかレスリーは、つがいなしにルーシティを出て、アルファやベータと同じ学校に通いたいと思うようになっていた。

すでにパブリックスクールの入学年齢は過ぎていたので、レスリーは大学受験の資格を得るための、シックススフォームと呼ばれる二年間の学習過程への編入を目標にした。

受験までは誰にも反対されなかった。今までレスリーに数々の全国試験を受けさせてきた当時の教官などは、率先して願書を届けてくれたくらいだ。

結果、入学資格は得ることができた。電話越しではあるが、面接も好感触だった。

けれど編入はかなわなかった。成績の良さと礼儀正しさを褒められただけだ。

納得いかないレスリーに、つがいを持たないオメガがアルファやベータに紛れて生活するのがどれほど困難かを説教したのは、受験を勧めたはずのベータの教師たちだった。

「君たちオメガには三ヶ月ごとに発情期がある。薬で抑制はできるが、発情のフェロモンをどれほど遮断しているのかはまだわかっていない。いつ間違いがあるかわからない」

「つがいのアルファがいればそのフェロモンは相手にしか効かなくなるが、フリーのオメガのフェロモンはすべてのアルファを魅了する。それは人間の理性を焼き尽くし、制御できない性衝動をかきたてる。そして互いに望まない肉体関係を結ぶことになる」

「オメガはもともとアルファよりも体格が劣る上、君も知っているだろう、発情期になると動きが鈍る。襲われたら抵抗できない。そしてオメガは第一の性が何であろうとも妊娠してしまう。そうすると周囲にも迷惑がかかる……危険なんだよ、君たちは」

最後のほうは、まるでオメガが悪のような口調だった。

だから、かっとなってレスリーは反論した。

「フェロモン抑制剤の研究が進まないのは被験体が少なすぎるからですよ、先生」

「アルファの住む環境で、つがいを持たないオメガが生活するのは不可能などと、どうしてわかるんですか。昔ならいざしらず、現在は良い薬も開発されて、オメガの保護法も確立されているというのに、オメガは単独でこの島から出ることすら叶わない。こんな状況では実験しようもない。僕は被験体の一人になっても構わないと思っています」

レスリーはその発言により鞭打《むちう》ちの体罰を受け、優等生から問題児へと転落した。

残念ながら、平穏を好むオメガのほとんどには、レスリーの主張は、過激で暴力的だと敬遠されることとなったが、味方でいてくれる友人もいた。彼らは以前、クラスでいじめられていたり、授業から落ちこぼれていたのをレスリーに助けられた同級生たちだった。彼らは受けた恩を決して忘れずレスリーの側にいてくれる。

寄宿舎の寮母もまた、レスリーの主張を陰ながら応援してくれた。

マナーや時間に厳しい人だったが、論理的で公平な人でもあった。彼女はレスリーに、自分はつがいを解消され島に戻されたオメガなのだと、こっそり教えてくれさえした。

「私のようにつがいを解消されたオメガはこの島に帰され、療養所でカウンセリングを受けながら生活しているの。つがいの解消はアルファからの一方的なものばかりで、どれほど法がオメガにも権利があるように書かれていようとも、司法の中枢部をアルファが牛《ぎゅう》耳《じ》っている限り、オメガには不利な判決しか出ない仕組みだわ」

彼女はまた、島の外でオメガがどれほど自由を奪われて生活しているかも教えてくれた。

オメガたちは屋敷に閉じ込められ、外出時は常に主人か召使いが同伴する。

つがいを解消した場合、アルファはつがいであったオメガに対し充分な慰謝料を払い、次のつがいが見つかるまで生活補助をする責務がある。けれどそれはアルファにとっては大した金額ではなかった。対するオメガはつがいを解かれた精神的ストレスで、新しいつがいどころか、サポートなしでは生活すらままならないほどダメージを負ってしまう。

「私くらいに気が強ければ立ち直れますが、オメガは傷つきやすいもの。つがいに捨てられると無力感にさいなまれ、アルファが悪いと抗議して戦う力もない」

寮母は悲しげに微笑んだ。

「頼もしい弁護士が、せめて一人でもいればね。この国の裁判は過去の判例が重要視されるから、アルファに勝ったオメガの先例ができれば、少しずつでも変わるでしょうに」

彼女の告白に、レスリーは目覚めたような気分になった。ずっとレスリーは、自分の能力が疑問だった。賢く生まれてきたばかりに、エデンに嫌われた蛇のようだと思っていた。けれど皆のために役立つならば、自分の知恵も無駄ではない。

「僕らを守れるのは、アルファでもベータでもなく、アルファとも渡り合えるオメガだと思いませんか。僕はきっと、勇敢な弁護士になれるでしょう」

「まあ、頼もしい子ね」

レスリーは本気だったが、彼女はレスリーの宣言を冗談と受け取ったようだった。

事実、レスリーの決意がどれほど固かろうと、どれほど才能があろうとも、彼を取りまく環境でその夢を叶えるのは、あまりにも困難だった。

オメガは十五になると政府管轄のアルファのデーターベースによって適合性の高い相手を選ばれ、顔合わせさせられる。

さらに十六になれば、ルズベリー校ですら通常の授業はなくなり、アルファとの付き合い方についての講義ばかりになる。

禁止こそされてはいないが、世間はオメガを大学へ進学させる気など一切ないのだと、さすがに理解せざるを得ない状況だ。

そうやって、年々レスリーはオメガとして避けられない運命に追い詰められていった。

この国での成人は十八歳。結婚が可能になるのもその年齢だ。

アルファとオメガは、十六歳で性的同意年齢に達し、結婚を前提として付き合っている相手ならつがい関係を結ぶことができるようになるが、倫理的な理由で、未成年のオメガがつがい候補者と会うのは、オメガから希望があった場合のみに規定されている。

だから成人するまでなら、レスリーはアルファとの面会を辛《かろ》うじて拒否できた。

ただし、レスリーは目立つ生徒だった。顔も名前も公表されていないのに、聡明で活発で、オメガらしくない気の強さはここ数年の噂のまとだった。適合者でないアルファからですら、一度会うだけでもと打診されるほどだ。

だがレスリーは毎度きっぱりと拒絶した。アルファの世話になるなんてまっぴらだ。自由と、人間としての誇りを失うなら平和はいらない。人形のような人生を送るくらいなら死んだほうがマシだった。

しかし、レスリーが十七歳を迎えた年に、校長たちはとうとう強行策を取ってきた。

それが今夜のできごとだった。宿舎で眠っていたレスリーは突如数人の男によって拘束され、礼拝堂の裏にある、聖具室と呼ばれる狭い部屋に監禁された。そして発情誘発剤を打たれたのが、つい十五分ほど前。

どうやらルズベリー校の幹部たちは、レスリーをアルファの適合者に、発情状態で会わせる魂胆のようだった。発情したオメガにとって、アルファは救世主のように見えると聞く。理性ではどうにもならない本能から、アルファを求めてしまうらしい。

「なに、君の想像ほど悲劇的なことではない。むしろアルファに抱かれたオメガは今まで経験したことがないほど満たされるらしい。まるで半身を見つけた時のようにね」

ベータの医者の説明は、レスリーを欠片《かけら》も慰めなかった。

逃げ場はない。明るい未来も想像できない。絶望のあまり、いっそ舌でも噛もうかとまで思い詰めたレスリーだが、幸いにも友人がこの誘拐に気付いてくれた。

聖具室の戸棚の裏には、かつて宗教が弾圧されていた時代に司祭が作った秘密の抜け道がある。レスリーの勇敢な友人たちはその抜け道を使ってレスリーを救出してくれたのだ。

「ぼく、こんな冒険はじめて！」

彼らはレスリーの救出劇が成功したことに大喜びしながら、寄宿舎に戻っていった。

レスリーは彼らを心配させないように宿舎に足を向けるふりをしながら、バラの茂みに身を隠した。世間知らずで平和ぼけした友人たちはすっかり失念しているようだが、首謀者はこの学校の幹部だ。このまま部屋に戻れば、レスリーは再び捕まるだけなのだ。それを避けるには、少なくとも、校内から脱出しなくてはいけない。

夜の闇はレスリーの姿を隠してくれるだろう。パーティの騒ぎは足音を消してくれる。夜露に濡れたバラの芳香はにじみ出るフェロモンを紛らわせてくれるだろう。

けれど今夜は人が多い。温室の出口への経路はどこも明るく、警備員も出揃っている。豪華な身なりのアルファのなかに、ほとんど布一枚のような夜着では紛れようもない。なにより一番の問題は、レスリーの体が発情の兆候で重く鈍くなってきていることだ。

毎回、発情期には適切に薬を処方されているレスリーは、本格的な発情を経験したことがなかった。四肢が溶けた蝋《ろう》のようになって動けなくなるとは聞くが、自分の体がどれほど不自由な状態になるのか、想像もできない。

「抑制剤を手に入れるのが最優先事項だ」

レスリーは恐怖を振り払うようにかぶりをふって、ひとりごちた。

逃げ出したことはまだ気づかれていないはずだ。迅速に行動すれば希望はある。

レスリーはせわしなく視線を動かしながら作戦を立てた。管理棟の三階奥に保健室がある。未成年のオメガが不測の発情に襲われることは珍しくないので、レスリーの事情を知られていなければ抑制剤をもらうのは難しくない。

管理棟に行くには、回廊を横切る必要がある。そこは広く、視界を遮るものがない。ただし敷地内の人間のほとんどは大広間に集合しているので、警備員さえ誤魔化せればいい。

柔らかい土の上に、蛇のように腹ばいになって、レスリーは回廊に沿って植えられたバラの茂みの中を慎重に移動した。目的地周辺に到着したところで、茂みから鼻先だけ出して周囲を確認する。今のところ、うまくいっている。

次はタイミングを見計らって回廊を横切って、正面からの侵入はさすがに目立つだろうから、植木を登り、雨樋《あまどい》を伝って、どうにか三階まで行けないだろうか。

「すまないが、ここの学校の人？」

思考に集中している真っ最中に、急に横から話しかけられて、レスリーは驚きのあまり、悲鳴もあげられず硬直した。

「ああ、不躾に申し訳ない。少々、助けてもらいたいんだが、いいかな」

声は驚くほど近い。どうやら相手も、バラの茂みに身を潜めているようだ。

全く気配を感じなかった。レスリーは警戒して息を整えつつ、地面から立ち上がった。目をこらしても、バラの花の奥に見えるのは闇ばかりだ。

「君も隠れている様子だから、何がしか目論《もくろ》んでいるのではないかと推測したんだが」

姿は見えないが、声は続いている。咎《とが》める調子はなく、まるで天気の話でもしているかのように呑気だ。高くはないが澄んだ声からして、おそらく若い男だろう。

「誤解ならば見逃してほしいんだが、実は僕も悪巧みの最中だ。といっても強盗や殺人鬼ではないので安心してくれ。君の目的と合致するようなら協力できないかと思って声をかけさせてもらっただけだ」

奇妙なことを言う男だった。このたぐいの冗談を好みそうな人物に心当たりはない。少なくとも、この学校の警備員でも教職員でもないはずだ。

もしくは、ちょっと頭がおかしい人物だろうか。

「……何のことでしょうか」

多少上ずりながらも、レスリーは丁重に返事をして、相手を見極めようとした。

「僕はこのパーティを邪魔しに来たんだ」

「ええと……」

レスリーは、彼が冗談を言っているのかどうか判断できずに戸惑った。

「本気だよ。火薬の準備もある」

レスリーの戸惑いをどう取ったのか、相手は見当違いの主張をはじめた。

「新年の花火に紛れて中庭の銅像を破壊する計画だ。だが道が暗くて迷ってしまった。だからもし、君がここの構造に詳しいのなら、僕を中庭まで案内してくれないか。どうかな。礼もする。あまり手持ちはないが……」

レスリーは思わず顔をしかめた。彼がここの生徒だったら即刻退学だろう。

校内にアルファが集まる日には、騒ぎを起こす連中が忍び込んでくることがある。

だいたい犯人は、校外から忍び込んだ好奇心いっぱいの若いオメガの集団か、アルファの特権やオメガの高待遇をやっかむベータのどちらかだ。

　この狂人の穏やかな喋り方はオメガ的だが、過激な思考から推察するに十中八九ベータだろう。そこはかとなく傲慢《ごうまん》さのにじむ口調が気になるが、おそらく島外の人間だ。

　だとしたら、これはチャンスなのかもしれない。

　相手がベータで、島に忍び込んできたばかりなら、レスリーの状況も知らないはずだ。協力の見返りに敷地内からの逃亡に手を貸してもらえるかもしれない。

「なるほど。いいですよ。案内するから姿を見せてもらえませんか？」

　今のレスリーには、狂人もテロリストも、アルファと比べれば善人だった。だから藁《わら》にもすがる思いで、友好的な返事をした。

　それから相手の信頼を得るために、茂みから抜け出して、自分の姿が見えるようにする。

「助かるよ」

　茂みの奥の声の主は相変わらずのんきで、どうやら立ち上がったらしい。

　レスリーの眼の前で、鈴のようにバラの花が揺れて、大きな手がにゅっと出てきた。

　意外に大柄だな。

　レスリーがそう思った時には、すでに緑の葉のあわいから、豊かな金髪が現れていた。

　続いて、陶器のようになめらかに秀でた額と高い鼻梁《びりょう》が出てくる。形の良い眉の下には、星空のような双眸がきらめいていた。それから広い肩幅、シルクのシャツに包まれて引き締まった胴体。最後に、驚くほどに長い脚が芝生を踏みしめる。

「よろしく頼む。僕はジェラルド。ジェラルド・ヴィンセントだ。君の名前は？」

さわやかに名乗るその姿に、レスリーは目を見開いた。

眼の前の男は、いたずら好きのオメガでも、労働階級のベータでもない。

肩までかかる金の髪は、茂みにいたせいで乱れていたが、しっとりと夜露をまとい、光の粉を撒き散らしているようだ。

背丈はレスリーの首が痛むほど高く、品の良い微笑みが、薄い唇を彩っている。

見間違いようもなく完璧に、明らかに、それは見事なアルファだった。

なんということだ。まずい。

気づいた時には、レスリーはその場にへたりこんでいた。

「あっ……」

臀部《でんぶ》に刺激を受けただけで、周囲を警戒していたために忘れていた熱が戻ってくる。

あっという間に全身をかけめぐる情欲が、レスリーから力を奪う。

「大丈夫かい、具合が悪いのか？」

ジェラルドと名乗ったアルファは少し鈍いのか、レスリーの状態に気づいていないようだった。心配した様子で、慌てて駆け寄ってくる。

「来るな！」

上ずる声で精一杯叫んだときには、彼はすでにレスリーに触れていた。

「君は……」

ようやくジェラルドが動きを止めて、息を呑む。

レスリーの体は、今やむせかえるほどの発情のフェロモンを放っているはずだった。

レスリーは、ジェラルドの顔がこわばり、その青い目が興奮に色を濃くしてゆくのを、絶望的な気持ちで見ていた。

アルファを遠目に眺める機会はあったが、こんなに近くで、しかも触れてしまったのは初めてだ。

レスリーの肩に触れた大きな手が、一気に汗ばんで体温が上がり、オメガの発情に搦《から》め捕られてゆく様子が、こんなにも、手に取るように伝わるなんて知らなかった。

息を吸うと、ジェラルドの体臭を感じ取れる。それは夏の日の、野生の花の蜜を思わせた。甘く荒々しく、脳が揺れるほどに魅惑的な香りだ。

呼応するように、レスリー自身の体温も上がり、思考が霞《かす》んでゆく。そうやって二人の境界が溶けてゆき、なすすべもなく、目の前のアルファしか見えなくなってゆく。

「君は、その……オメガだね」

相手のアルファは、思ったより理性を残しているようだった。

発情による支配に抗うように、彼はレスリーから離れようとした。ありがたいはずなのに、なぜだかレスリーは、離れてゆく手を咄嗟《とっさ》に握って引き止めてしまった。

ジェラルドがうめき声を上げる。

「だめだ、誰かを呼んでこないと」

「誰も呼ばないでくれ。僕は逃げてきたんだ」

レスリーは、すがるように声を上げた。

僕はいったい何を言っている？　アルファとつがいたくないから逃げているのに。

わずかに残った冷静な部分が警告してきても、レスリーはもはや感情の制御がままならなかった。本能的な、強い衝動だけで目の前のアルファを掴んでいた。

「捕まりたくないんだ。僕はここから出ていきたくて」

「でも、君、こんな状態じゃ……」

戸惑いながらも、ジェラルドは無理に手を振りほどこうとはしなかった。それどころか大きく深呼吸をすると、膝をついて、レスリーの顔を覗きこんでくる。

「僕はオメガに会うのは初めてだから、君をどうしてあげるのが良いのかわからない。ただ、今の君はとても苦しそうで、悲しそうに見える。このままじゃだめなんだろう？」

「薬を……」

喘ぎながらも、レスリーは訴えた。

「あの建物の三階の奥に、保健室がある。抑制剤が置いてあるはずだ。戸棚の一番前の、一番大きな茶色い遮光瓶。青くて透明なジェルのカプセルが入っている」

「わかった」

そう言って立ち上がろうとするジェラルドを、レスリーは再び渾身《こんしん》の力で引き止めた。

「薬がいるんだろう？　僕がここにいても対応できない」

千切れそうなシャツを押さえながら、なんとか説得しようとするジェラルドの声には、さすがに苛立ちが交じりはじめている。

「置いていくなよ！　ここに置いていかれたら、僕は見つかる！　連れ戻されるんだ！」

「しっ、静かに」

大声を出したレスリーの口を、ジェラルドが慌ててふさぐ。その手は鼻まで覆うほど大きくて、レスリーは苦しさとよくわからない興奮で彼の指を噛んだ。

「痛っ……勘弁してくれよ。君の状況は把握《はあく》できていないが、今の君のそばにアルファの僕がいるのはまずい程度はわかる。僕が離れたほうが君は安全だ。そうだろう？」

彼はあくまで紳士的に、レスリーを説得しようとしているが、どうしても首を縦に振れなかった。

初対面のジェラルドにそんな義理はないと頭ではわかっているのに、彼が自分のために働くのは当然だ！　という、めちゃくちゃな理屈でレスリーは腹を立てていた。

「なんだよ、偉そうにもっともらしいことを言うけど、面倒に関わりたくないだけなんだろう？　ここに放っておかれたら、僕は今夜中に、どこかの知らないアルファとつがわされるんだ。安全な場所に匿うくらいしてくれたっていいだろう？」

ジェラルドは、レスリーの訴えに驚いた様子で目を見開いた。

「まさか、ここでは君の意思を無視してそんなことが行われているのか？」

「僕を疑うっていうのか？　いつもそうだ、オメガの意思なんて誰も尊重してくれない！　だから逃げている！」

「疑ってはいないよ。それが本当ならばひどい……けれど安全な場所なんてあるのか？」

ジェラルドは同情したようだが、現実は残酷だ。確かに逃げ場所なんてない。

レスリーは彼をきつく睨んだ。だからといって何もしないのは悔しいし、ジェラルドをどうしても逃したくなかった。

「僕を見捨てるっていうの？」

「そんなことは言っていないだろう？　でも僕にどうしろっていうんだ？」

ほとほと扱いに困った調子でジェラルドが返す。

「もちろん、僕がやれるだけのことはする。君の言う薬を持ってくるから、君はそこの茂みの中にでも隠れておいで。ちゃんと戻ってくるから」

幼児にするようにたしなめる言葉は、とりあえずの妥協案といったところだった。

確かにそれが一番手っ取り早い。レスリーはしぶしぶ同意してうなずこうとした。その時、回廊の奥から、こちらへ近づいてくる人影があった。

レスリーは飛び上がると、咄嗟に目の前の男にしがみついた。

「……！　ちょっと、君！」

きっとレスリーのフェロモンがきついのだろう。ジェラルドは息を止めて引き剥がそうとする。レスリーも指の色が変わるほど強くジャケットを掴んで、離されまいと必死になった。

諦めたのはジェラルドのほうだった。急にレスリーの腰を支えて立たせてきた。

「あっ、ん」

「みょうな声を出さないでくれ」

触れられた途端にびりびりとした官能が走り、あえぐレスリーを、ジェラルドは狼狽《ろうばい》しつつも突き放さなかった。代わりにレスリーを軽々と抱き上げて、管理棟へと駆けこんだ。

管理棟の入り口横には地下へ続く階段がある。ランドリールームに至る道だ。

建物は古いが、整然と並んだドラム式の洗濯機は除菌機能つきの最新モデルで、銀色に輝くボディがミスマッチな光景を作り出している。そのフロアの隅に設えられた木のドアの向こうがリネン室になっている。

早朝は洗濯機の作動音で騒がしい場所だが、深夜はしんと静まり、人の気配もない。簡易ながら鍵がかかるので、二人はひとときその小部屋に身を隠すことにした。

ジェラルドはシーツを床に広げて、そこにレスリーを横たえてくれた。

「すぐに薬をとってくる」

乱れた息を整えつつジェラルドが告げる。ひとまず落ち着ける場所を見つけてほっとしたのか、先刻よりも優しい声だった。

普段のレスリーにとって、リネン室は苦手な場所だった。けれど今はこの部屋の狭さと暗さが、発熱した体に心地よい。洗いたてのリネンのさらさらとした布目に、レスリーは細く息をしながら頬を擦り寄せて、四肢から力を抜いた。

「あと少しの辛抱《しんぼう》だ」

励ますように、ジェラルドが微笑む。レスリーもそれに頷いた。アルファだということを抜きにすれば、レスリーを見捨てないでいてくれるジェラルドは親切な人間なのだろう。頼れる相手のいないこの状況では、会えて良かった類の人物なのかも。そう思った。

けれどジェラルドが部屋を出て、扉が閉まると、レスリーは急激に心細さを覚えた。

ジェラルドが離れてゆく。その感覚がひどく生々しい。まるで痛みもなく体がちぎれてゆくようだった。

気を紛らわそうと身じろぐと、尻からどっと何かがあふれてきた。慌てて後ろに手をやると、そこは糸を引くほどの透明な粘液で濡れている。まるで失禁したような状況に、レスリーは軽いパニックに陥った。

せめてシーツを替えようと身をもがかせても、手足は自分のものではないように自由にならなかった。心臓が竦みあがり、指先の感覚が消える。それなのに、体の芯ばかりが熱湯を注がれたように熱い。特に足の間は腫れたように膨張して、衣類に圧迫されて痛みを覚えるほどだった。

本格的な発情が始まったのだと、レスリーは悟った。股間に布が触れる刺激だけで、レスリーは悲鳴をあげてのけぞった。毒のような快感が止まらない。

ジェラルドが抑制剤を持って戻ってきたころには、レスリーは否応なく何度か達していて、呼吸もままならないほど震えていた。

「落ち着いて」

水を口に含ませられ、薬を飲むように促されても、レスリーはうまく飲み込むことができなかった。

「大丈夫かい？」

心配そうな声にも言葉を返すことができない。

オメガのフェロモンにあてられて、アルファである彼も辛いだろうに、ジェラルドはレスリーに根気よく付き合ってくれた。

カプセルの中身だけを取り出して喉の奥に流す方法で、どうにか薬を飲み込むことはできたものの、いつまでたっても体は楽にならない。

それどころか、熱いのに芯だけがどんどん冷えていって、意識が次第に遠くなってゆく。

もしかすると、ショック状態を起こしかけているのだろうかと、レスリーは他人事のように考えた。

発情がひどすぎると、ホルモンの分泌が止まらなくなって中毒を起こす。結果、骨髄《こつずい》抑制状態に陥り、細菌感染やひどい貧血による後遺症が残ることがある。脳に障害が出ることもあるのだ。自身の知性に縋ってなんとか矜持《きょうじ》を保とうとしているレスリーにとって、それは死ぬよりも恐ろしいことだった。

ホルモンを抑制するための方法はひとつ。本能に従って足を開き、ぐしゃぐしゃに濡れた穴にアルファのペニスを受け入れて、そこに精液を注いでもらうことだ。

なんて人生なんだろう。

レスリーは悔しさと苦しさで潤む視界で、眼の前の男を眺めた。呼吸を乱しながらも、自制を保っている、清高な双眸。それに見合う整った顔立ちと立派な体躯《たいく》を持つ、いかにもアルファ然とした男。その全てが憎らしい。

今、自分が頼れるのはこの男だけだと感じていることが、何よりも屈辱だ。けれど、どうすることもできない。もはや選択肢は、ひとつだけなのだから。

「頼みがある」

ついにレスリーは、膝を屈して懇願した。

「なんだい？」

ジェラルドは優しく促してくる。

「もう、ここまで症状が進むと、薬ではどうにもならないみたい」

「では、やはり誰かを」

「ジェラルド」

再び立ち上がろうとするジェラルドの腕に、レスリーは縋った。

「あなたの助けがないと、僕はずっと苦しいままで気が狂ってしまう」

「……どうすればいい？」

レスリーの訴えに予感するものがあったのか、ジェラルドはレスリーと目を合わせてくる。その声の調子が違う。それは咎めるようでいて、期待を隠せない声だ。

ああ、彼も、見かけほどはまともではないのか。そんなことに気付いて、レスリーは少しだけほっとする。ならば、望みはただひとつだ。

「抱いてほしい」

レスリーは、迷いをふりきり、そう口にした。

「それはできない。僕らは今日会ったばかりだ」

ストレートすぎるレスリーの申し出に、ジェラルドは困惑した様子だ。

「あなただって、そうしたいはずだ」

「だが、僕はまだ学生で」

なおも反論しようとする彼の言葉を、レスリーはそれ以上聞かなかった。掴んだ腕に渾身の力をこめて伸び上がり、ジェラルドの薄い唇に自分のそれを合わせた。初めての口づけだったが、さいわい歯をぶつけることもなく、柔らかい粘膜どうしが触れ合った。

授業で人形相手の練習を強要された成果だろうか。レスリーは皮肉げに思い返す。人形の硬い唇に顔を押し付けられながら、自分は一生こんな下劣な行為はしないと軽蔑《けいべつ》とともに誓ったのに、まさかこんなに早く実践することになるとは思わなかった。

柔らかく敏感な器官を擦れ合わせる、ささやかな刺激だけでも、レスリーの体は芯がなくなったようにとろけてゆく。くずおれるレスリーを、ジェラルドが受け止める。体は相変わらず苦しいが、ジェラルドと触れ合った箇所から、凍える寒さが遠ざかってゆく。

「……どうすればいいのか、僕は知らない」

ジェラルドはレスリーからの誘惑に、頬を染め、痛みを耐えるように顔を顰《しか》めている。

彼はよっぽど厳格に育てられたのだろう。相手の許可なく押し倒して、本能のままに奪うような野蛮な行為は思いつきもしないといった様子だ。

戸惑い、途方に暮れているジェラルドを、レスリーは少しだけ、可愛いと思った。

「心配はいらない。僕は知っているから」

だから微笑んでそう告げた。僕が教えてあげよう。

実年齢はそう変わらないだろうが、自分より二十センチほどは高く、肩幅も胴回りもふたまわりは違いそうな大男に、物知りぶるのは妙な気分だったが、相手もまた、未知の経験に怯えているのだと思うと、不思議な勇気が湧いてくる。

レスリーは彼の胸に体を預けて、ほっと吐息を零した。

「まずは服を脱がせて。下着まで全部。あなたも脱いでほしい」

指示すると、ジェラルドは従順にレスリーの服を脱がせて、自分の服も脱ぎ捨てる。

柔らかなシャツの下から現れた、ジェラルドの裸は彫刻のようだった。彼の下にぐったりと横たわりながら、レスリーはいつか教科書で見た白大理石の神様を思い出していた。

「……次は、どうすればいい？」

遠慮がちな声に、レスリーは重い体で寝返り、後ろを向いて、軽く足を広げた。

恥ずかしいポーズだが仕方がない。

「どうもしないよ。あなたの陰茎を勃起させて、僕のお尻の穴に挿入したら腰を動かして」

極めて事務的に説明すれば、背後の彼は興奮に身震いしたようなのに、動かなかった。

「嫌だな……こんなの。なにかの作業か、獣の交尾《こうび》のようだ」

「人間だって動物だ。生殖行為なんて作業だし、みんな同じだよ」

「前から抱き合ってはだめなのか？　映画の恋人たちは皆そうするじゃないか」

「……最初は、この体勢が楽だって、授業で習ったんだ」

こんなところでごねられるとは思わなくて、レスリーは苛立った。確かに映画で見た恋人たちはそうしていた。だがあれはおそらく、絵面《えづら》が綺麗だからとかロマンチックだとか、そういった理由で演出されたもので、現実的ではないのだ。多分。なにより自分たちは恋人ではないし、自分はこの体の不調をどうにかしてほしいだけだ。

けれどジェラルドは、レスリーの許可もとらずに腰を掴むと、自分の上に乗せてしまった。

「あっん、ちょっと……」

逞しい太ももの上に子供のように抱き上げられて、レスリーは軽く悶《もだ》えた。

「挿れるときには君の指示通り、後ろからにする。だが手順も大事だ。僕は母から教わった。母もオメガだから間違いはないだろう。まずは目を合わせ、手を握って、相手が同意したらキスしても良い。それは、最低限のマナーだろう？」

そう言って、手を握って顔を覗き込んでくる。彫りの深い顔のなかで、ブルーの双眸は あいかわらずキラキラと輝いている。おまけに間近でよくよく見れば、綺麗にカールした金色のまつげにふちどられていて、腹が立つくらいにゴージャスだ。

「キスならさっきしただろう？」

「だめだ。君からのイエスが聞きたい」

断固として譲らない。ジェラルドは頑固なようだ。こちらは手を握られるだけで辛いのに。おまけに、そんな綺麗な顔でまじまじと眺められるといたたまれない。体は快楽で震えるほどに疼《うず》いているのに、緊張で正気が戻ってきてしまいそうだ。

「じゃあ、もう一度言うよ。キスしても構わないかい？」

「いいからさっさと……」

おもむろに顔が近づいてきて、レスリーは息を呑んだ。先ほどはよくこの高い鼻を避けられたものだと、場違いなことに感心しているうちに唇が重なる。

柔らかく、温かい。触れるだけのキス。ジェラルドの大きな手が、レスリーの手を撫でている。もどかしい。けれど気持ちがいい。ちゅ、と、小さな音を立てて唇を吸われると、胸の奥が炎の舌にでも舐められたかのように、かっと熱くなった。

猛烈にむずがゆいような、その胸の疼きから逃げ出したくて、軽くもがくレスリーを、ジェラルドは優しく、けれど容赦なく押さえつけて何度も角度を変えて、丹念に唇に触れてくる。まるで大事なものに触れるように。

たまらなくなって、レスリーは手をふりほどくと、彼の首に腕をまわした。強く力をこめて抱き寄せ、お返しとばかりに、噛み付くように口づける。

驚いたジェラルドの肩が跳ねる。硬そうに見えた体は弾力があって温かい。誰かを抱きしめるのは、覚えている限り、レスリーには初めてのことだった。

互いの体を引き寄せると、レスリーの柔らかな太ももの内側に、鉄の棒のように硬いものが押し当てられた。そっと盗み見れば、それはとうてい紳士的とは言えないありさまで血管を浮かせて聳《そび》え立っている、見たこともないほど大きなペニスだった。

すごい。レスリーは思わず生唾を飲み込んだ。こんなものをこれから挿れられるのか。無意識に熱い息を溢しつつも、ぞくぞくと背中がおぞけだって、これを急に突っ込まれるのはちょっと無理なんじゃないかと妙に冷静になった。

そうだ、ジェラルドの言うとおりだ。もうすこし段階を踏むべきだ。

「……太い血管が通っているところが、感じやすいところだよ」

顔を引いて、レスリーは、講義で教わったことを思い出しつつ、彼の耳の後ろから首筋の急所の部分をそっと撫でる。

ジェラルドは、ぶるりと肩を震わせたあと、言われた通りにレスリーの首筋をなぞった。

「キスしてもいい」

耳元で囁くと、ジェラルドがそこに唇を寄せる。首筋を強く吸われると、レスリーの腰はぴくりと跳ねて、体の奥が緩んでゆく。

「あっ」

「それから？　どうしたらいい？」

ジェラルドの声が、皮膚に直接吹き込まれるように熱く感じる。

「脇腹や腰や……んん、どこでも、さわって、反応がいいところを探して」

わかった、と、遠慮がちに、大きな手がレスリーの素肌をなぞってゆく。気持ちいい。

レスリーはうっとりと息を吐いた。発情した体はどこも腫れたように敏感にひくついて、瀕死の魚みたいに跳ねるたび、肌は汗で濡れ、内股がつりそうなほどいきり勃ったペニスの先から先走りがこぼれ落ちた。

「どこも良さそうに見えるんだけど」

「んあっ」

ぴんと主張する乳首を摘まれて、レスリーは思わず大きく喘ぎ、あわてて唇を噛んだ。

「そんなに唇を噛んだらだめだ」

「でも、声が」

「こうしたらいいだろう?」

そう言ってふたたびキスをする。先程よりも大胆に、舌が滑り込んできて、口内を舐め回してくる。ジェラルドはレスリーの乳首での反応が気に入ったらしく、指の腹で何度もそれをこねくって、軽く摘みあげた。レスリーはその切ないような刺激に体をよじらせて、どうしようもなく熱くなった股間を彼の太ももに擦りつけた。

「あっ、そこだけじゃなくて、ここも」

「うん」

彼の手が、ようやくレスリーの屹立に触れた。包まれただけで気持ちが良くて、レスリーは何も考えられずに腰をふってしまう。

「オメガっていっても、君は男の子なんだね」

「あ、ん、そんなの、見ればわかるだろ、んん」

「でもこっちもすごく濡れている」

「ひっ」

ひくつく後ろの穴に触れられて、レスリーはそのビリビリとした刺激にのけぞった。

「あっ、そこは」

「触ると辛い？」

まるで傷口に触れられたように感じられて、思わず腰を引いてうなずくと、ジェラルドが困ったように小首を傾げる。

「でもここに挿れるんだろう？」

「うう……そうなんだけど」

もっともな指摘なのだが、あまりにも強い感覚だった。こんな場所を、あんな硬くて太いもので擦られたら、一体どうなってしまうのか恐ろしい。けれど同時に、心の奥底の、今まで顔をそむけていた自分の淫らな部分が囁いてくる。

腫れてわななくそこを、めちゃくちゃに擦られたら、きっと、底なしの沼に引きずり込まれるみたいに、おかしくなるくらい気持ちがいいのだろう。その想像はひどく魅惑的で、思い浮かべるだけで腰の奥がずくずくとうねり、落ち着いていたはずの頭の中が熱を孕《はら》み、ふたたび霞んでゆく。

「……そっと触ってほしい」

とうとうレスリーは、か細い声で囁くと、おずおずと足を開いた。

「最初は広がりにくいそうだから、最初は一本だけ指を挿れて……それが慣れたらもう一本挿れて、そうやって、柔らかくなるまでほぐしてほしい」

「……うん」

ごくりと唾をのみこんで、ジェラルドがそっとそこに指で触れる。長くて形の良い指が、敏感な穴のまわりを慎重に探り、ゆっくりと沈み込んでくる。

「んっ……」

「痛い？」

レスリーはかぶりをふった。ひりひりするけれど、どちらかといえば異物感が強い。

動かすよ、と言いおいて、ジェラルドの指が、そこを擦るようにして広げてくる。それだけで、内臓の奥に、火種が生まれる。後ろの穴が、呼吸するようにうごめいて、彼の指を搦め捕ろうとするように収縮しはじめるのを感じて、レスリーは顔を赤くした。

「はっ、は」

「痛い？」

「痛くないから……はやく広げて」

恥ずかしさと、経験したことのない感覚がせり上がってきて、レスリーはこれ以上怖じ気づかないように彼を急かした。ジェラルドは素直に従って、二本目を挿れてくる。

「あっ、あっ」

ジェラルドの指に内側を押し広げられ、内壁を撫でられると、奥のほうから熱い何かが溢れてくる。せき止めようとそこに力をこめると、そこにある彼の指をよりはっきりと感じて、どっと濡れてしまう。

「すごい……溢れてくる」

ジェラルドが、掠れた声で囁いた。肘まで垂れてきているよ、と聞きたくないことまで教えてくれる。

「んっ、っうっあっ……ああっ」

三本目が入ってきて、レスリーは身悶えた。ぐらりと上下感覚を失う体を、彼の太い腕が支えて、そっと床に戻される。

「辛い？　我慢できる？」

ジェラルドの尋ねる声もすっかり上ずって、熱を孕んでいる。

「あっ、も、いいから、うあっ」

　レスリーはかぶりをふりながら、わけのわからないことを叫んで、腰を浮かせた。

　下半身が蝋のように溶けて熱い。そのことしか、もう何も考えられなくなる。

「挿れて、擦って！」

　悲鳴のように叫ぶと同時に指が抜かれて、うつぶせにされる。レスリーが本能的に臀部を上げると、その腰を強く掴まれた。

「あっ！　あん！」

　そして、はくはくとひくつくそこに、丸い先端が押し当てられる。

「ごめん」

　背中に重い体がのしかかり、足を割られる。何度か穴の表面を滑ったあと、ぬ、と太い先端が入ってきた。

「っ、あ……あ」

　めりめりと入り口を押し開かれると、焼けつくように痛くて苦しかった。けれどそれは一瞬のことだ。

「あっ！」

　敏感になりすぎたそこを、内臓ごと押し上げられたとたんに、全てがひっくりかえり、快感へと塗り替えられた。

ジェラルドの剛直は、レスリーの狭い管を押し広げながら、どこまでも入ってくる。その圧倒的な存在感に、レスリーは全身の穴という穴がこじあけられたように感じて、口も目も閉じられなくなる。

「っ、は、はあ」

背後の息も荒い、汗で滑る指も震えている。すごい、と耳元で囁かれて、レスリーは小さく声を漏らした。

「う、動かないでっ」

なんとか乞《こ》うてから、レスリーは息が止まるくらいに体を引きつらせて、達した。

全身ががくがくと震えて、ペニスから断続的に白濁が垂れ流れる。

余韻で中も蠕動《ぜんどう》しているのか、ジェラルドが苦しそうにうめいていた。けれどレスリーの言いつけどおりに、彼は動かない。それでも、後ろで喰い締めている熱棒は熱く硬く、脈打っていて、本能的に腰を揺らしてしまうのはレスリーのほうだった。

かくかくと揺らすだけで、あとからあとから気持ちよさが溢れてくる。レスリーは犬のように口を開いて唾液を垂れ流しながら、その感覚に没頭した。絶頂の波が引いても、欲望は増すばかりだ。もっと大きな波の予感に体が期待を募らせている。けれど不器用な自分の動きだけでは、とうていそこには辿り着けそうにない。

「……動いて」

うわごとのように、レスリーは背後の体に乞うた。

「なか、強く擦って」

後ろにまわした手で、ジェラルドの太ももをひっかくと、彼は息を大きく吐いて、腰を掴んだ手に力をこめた。

「っ、あ！」

がつん、と突き上げられて、レスリーはのけぞった。息をつく暇もなく、もう一度、強くゆすられて、がくがくと視界が揺れる。

「っあ、あ、あ」

視界が白くなる。下半身が痺れ、背筋を駆け上がる官能に、何も考えられなくなってゆく。

苦しい、気持ちがいい、もっと、もっと奥まで、もっと強く。

は、は、と獣のような息が後頭部にかかる。息をするとジェラルドの、濃い汗の匂いに満たされる。下腹部が大きく波打って、揺れるペニスの先から、薄い粘液が糸を引いて流れ落ちてゆく。

「あっ！」

ひときわ奥を突かれて、レスリーは目を見開いた。視界にちかちかと星が飛び、体が跳ね上がり、奥の方から熱い塊が湧き上がる。

「あっ、あー」

だらしない声を上げながら、レスリーは全身を痙攣《けいれん》させた。

レスリーの内側がきゅうきゅうと切なく絞られると、ジェラルドも低くうめいて、更に腰を押し付けてくる。体の奥の、自分すら触れられない部分に、熱い先端をぐりぐりと押し付けられた。その強烈な感覚に、レスリーは泣きながら足を大きく開いてつま先を丸めて、ひりつく性器の先端をシーツにこすりつけた。奥でジェラルドのペニスが跳ね上がり、熱いしぶきが染み込んでくる。

いまだ軽く緊張している首筋に、ジェラルドの息がかかり、前歯の感触があたった。

「噛んで……」

無意識に、レスリーは囁いていた。今は、それが何よりも正しいことのように感じた。

体のずっと深い部分に沈み込んでいた本能の叫びが感情をさらってゆく。レスリーはわけもわからずぼろぼろと涙を零し、生まれてからずっと、自分が探し求めていたものを見つけたような気持ちになった。

それが与えられないのなら、きっと自分は死んでしまう。

「噛んで！」

泣きながら叫んだ。

同時にうなじに鋭い痛みが走る。後は雷に打たれたように、何もわからなくなった。

……02……


暖かい泥のなかにいるような、不安で心地よい夢を視た。

目を開くとそこは日陰の石と洗剤の匂いのする暗い部屋だった。

ここはどこだ？　レスリーは四肢を投げ出したまま、気を失う前のことを思いだそうとした。

熱く苦しく、狂うような時間があった。ほとんど覚えていないけれど、汗と体液まみれのひどい状態だった気がする。

けれど今、レスリーは夜着をまとっていたし、汗みずくだった肌は乾いている。シーツも綺麗だ。換気したのか、強烈で濃厚な空気は残っていなかった。

「気がついたかい？」

きょろきょろしていると、穏やかでよく通る声が、頭上から降ってくる。

見上げれば、豊かな金の髪を肩から垂らした青い目の男がいた。

「年が明けたよ。とっくに花火は上がってしまったけれど、おめでとう」

レスリーは、彼がジェラルドという名のアルファだということを思い出した。礼儀正しい狂人のように、頑固なまでに紳士的であろうとした、おかしな男だ。

「気分はどうだい？」

彼はレスリーの隣に横たわると、心配そうに目元に触れて、手慰みのようにレスリーのブルネットを梳《す》いた。彼の上半身は裸だった。健康的な色をしたその肌はなめらかで、胸もとには星屑のようなそばかすが散っている。バランスよく筋肉のついた腕も、飴細工のように淡い金色の体毛が覆っていて、まるでみずから発光しているかのようだ。

青いほどに白いレスリーの肌とは全く違う、神々しいまでのジェラルドの姿に、思わずあてられたあと、レスリーははっとして、自分の首筋に触れた。

いまだかすかに熱で疼く傷跡の、鈍い痛みとともに、急激に記憶が巻き戻ってゆく。

発情期の発作に襲われて、目の前の男とセックスした。彼の欲望を受け入れて、奥深くまで暴かれて絶頂し、中に出された衝動で、うなじを噛んでと泣きながら乞うた。

その全てを思い出して、レスリーは愕然《がくぜん》とした。

アルファがオメガのうなじを噛むことで、つがいの絆《きずな》は結ばれる。

つがいを得ると、オメガの発情期の症状は落ち着き、無差別にアルファを誘惑するフェロモンを撒き散らすこともなくなる。

その代償として、つがいと長期間離れると精神が不安定になる。発情の度合いもアルファの気分に影響を受ける。つまり、オメガはつがいを解消しない限り、つがいのアルファに依存しきった体になってしまうのだ。

講義で何度も教わった知識が実感をともなって一気に押し寄せてくる。

いや、待て、昨夜のことは発情による錯乱で、うっかり歯が当たった程度ではないか。

そんな可能性を往生際悪く探ってみても、残念ながらレスリーは、目の前のアルファと自分が、確かに繋がりを保っていることを本能的に確信していた。

今もジェラルドの呼吸を自分のそれのように感じるし、視界がクリアで、体はいつになく調子がいい。

けれどそれはレスリーを絶望させるものだった。どんなに惨めであろうとも、アルファなしでは生きられないような人生など送りたくなかったのに。

「どこか痛いのか？」

放心しているレスリーの顔を覗き込んで、ジェラルドは眉を下げた。

「昨夜は……申し訳なかった。君が普通じゃないのはわかっていたのに、自分の欲望にあらがえなかった」

そう言って、彼はレスリーのうなじの噛み跡に、痛ましげに指を触れさせる。レスリーは咄嗟にそれを撥《は》ねのけようとしたのに、触れられた先から、ぴりぴりと心地よい痺れが体を巡って動けなくなった。それは肉体的なものではなく、精神的な何かだ。本能がレ人リーに、ジェラルドを拒むことを拒絶しているのだ。

何てことをしてくれたんだ。

恨み言をぶつけたいのに、その声すら上げる気力が起こらない。あっというまに許してしまいたくなる。その事実にショックを受けて、子供のように泣きわめきたくなった。

「君、震えている……悲しいのか？　それとも怒っている？」

黙り込んだレスリーを、ジェラルドが心配そうに窺っている。つがいの絆を通じて、相手が何かに苦しんでいることは感じているようだが、理由まではわからない様子だ。

「いや、何でもないんだ。ちょっとまだ、ぼうっとしているだけで」

お前のせいだとジェラルドを責めてしまいたかったが、レスリーは辛うじてそれを押しとどめた。ジェラルドはレスリーの発情に巻き込まれた、いわば彼も被害者だ。そんな相手にかんしゃくを起こしてもどうにもならない。

冷静になろう。取り返しのつかないことを嘆くより、これからのことを考えなければ。

それにしても、ジェラルドが心底後悔しているふうなのが、レスリーには意外だった。

アルファはみな冷血漢だと思っていた。オメガを見下していて、自分の子孫を産ませたあとは飼い殺しにするか捨てる連中ばかりだと思っていた。

けれど例外もいるのかもしれない。

ジェラルドは若くて経験がないから、オメガのレスリーを対等に扱っているのかもしれないが、このさい理由は何でもいい。ジェラルドは、セックスのときだってレスリーに従順だった。

今だって、許しを請《こ》う犬のように潤んだ目で、レスリーの機嫌を取ろうとしている。

もしかすると、これはチャンスなのかもしれない。レスリーは閃《ひらめ》いた。

そうだ、アルファの存在そのものが悪なのだ。正気じゃない僕を噛んだこいつも、完全に無罪ってわけでもない。彼は僕よりも冷静だったはずなのだから。

アルファでもオメガでも共通の認識がある。アルファには社会的にも肉体的にも力があるが、それに伴う責任も重いということだ。

「僕のほうこそ悪かった。わけがわからなくなって君に強要するようなことを言ったんだから」

内心の高揚を押し隠し、レスリーはあえて殊勝《しゅしょう》に謝った。

「それよりもまず、状況を確認したい。あなたは確か、パーティを邪魔しようとしていたはずだ。あなたはアルファなのにどうしてそんなことをしたんだ？」

「ああ……？　それは父親への抗議のためだよ」

レスリーが急に警察官か医者みたいな調子で質問したので、ジェラルドは面食らったようだった。目を丸くして無防備な表情をすると、年相応に幼く見える。

「あなたのお父上はあのパーティに参加していたの？」

「参加はしていないが、企画に関わっている。この学校の出資者の一人だからね」

よし、いいぞ。

レスリーは頷いた。この学校に出資しているアルファは、毎年高所得者番付に掲載されるような、特別に裕福な連中か貴族ばかりだ。

「銅像を爆破するつもりだったんだよね。何のために？」

「僕の目的と銅像破壊には直接的な関係はない。銅像を標的にしたのは、それが父の胸像だから、誰が犯人か推理しやすいかと思っただけだ。目的について説明してもいいが、それには、まず僕のバックグラウンドから説明しないといけない」

「良ければ説明してほしいな。あなたのことが知りたいから」

レスリーが促すと、彼はちょっとはにかんで肩を竦めた。

「僕は現在、サザランド校の生徒だ」

「名門校じゃないか」

「家柄で入れたんだよ。僕の実力ではない」

穏やかに謙遜《けんそん》する口調にも嫌味がない。レスリーの口の端がわずかに痙攣した。

サザランド校は国内で一、二を争うパブリックスクールだ。名門大学への進学率が高く、生徒はほぼアッパークラスのアルファだ。

アッパーミドルクラスのベータの息子にとっても高嶺の花で、オメガともなれば、そんな学校に入ることなんて想像すらできない。

それなのに、ジェラルドは生まれただけで入れる資格がある。

本当にこの世の中は不公平だ。

そんなレスリーの妬心には気づかないまま、ジェラルドは続ける。

「僕がその学校を選んだのは、大学進学のためのシックスフォームの二学年中に良質な社会学の講義があるからだ。社会構造や特定の分野に存在する価値観が、該当の組織の中の個人の行動にどんな影響を与えるのかを長期にわたり観測することに僕は興味があって、それをライフワークにできればと思っている」

「へえ、すごいね」

彼の説明からは、彼が他の学校への進学も容易だったという背景が透けて見えて、レスリーはすでに薄っぺらい返事をするのが精一杯だった。

嫌味のひとつでも言いたいが、呆れるほどの特権階級にいる男がレスリーのつがいになったのだ。自分の持ち札のようなものだ。羨むことではないと、自分に言い聞かせる。

「けれど僕の父は、社会学なんてものは労働階級の学問だとバカにしている。父は、古いしきたりにしがみつく典型的な貴族思想の持ち主でね。息子が社会学に夢中だと知ると、サザランド校の理事会に入って社会学をシックスフォームの教科から外すよう、学校に揺すぶりをかけてきた」

「この学校の出資どころか、サザランド校の理事会にまで入れるなんて、あなたのお父様はすごい人のようだね？」

「立場的な意味ではそうなるね。僕の一族は裕福で商才がある。けれど頭が硬い」

ジェラルドは自分の父の権力を素直に認めながらも、大きくため息をついた。

「父は行動力があり、莫大な資金を動かせる。その気になればサザランド校の校長をすげ替えることも可能だろう。シックスフォームで社会学を履修する生徒はほんの僅かだ。数名の生徒のためだけに学校が社会学の授業を死守するとは想像できないね」

けれど、と、彼は声の調子を軽くする。

「息子が退学レベルの不祥事を起こせば、いくら父でも学校に対して強く出られなくなるだろう。教科を一つ潰すよりも息子の醜聞を防ぐほうに力を向けざるを得なくなる。父は何よりも家の面子《メンツ》を重んじる」

「それでこんな場所にまで来たのか」

「そういうことになるかな。国中、父の息のかかった人間がどこに身を潜ませているかわからないが、アルファの立入が制限されているこの島ならば、僕が忍び込んで悪さをする隙もあるだろうと……頭に血が上っていたのかな。馬鹿なことをしてしまった」

「あなたは勇敢だな」

悔いる調子のジェラルドに、レスリーはにっこりと微笑みかけた。

内心では、ジェラルドの考えの浅さと裕福な人間ゆえの無神経な正義感に呆れていた。

同時に、この男は自分にとって、理想的なつがいだと確信した。

要はものの捉えかただ。たとえ気に入らないものでも、便利なら利用すればいい。

「僕にはできないことも、あなたには簡単なことだ。憧れるよ。僕も勉強は好きだから」

つがいに縛られるのはオメガだけではない。アルファはつねに指導者として人の規範であることを求められる。そして、ジェラルドはまだ学生だ。

責任能力のない未成年がつがいを持つのは、かなり特殊な状況でもない限り許されない。

今夜のことは、パーティを邪魔するどころではない不祥事になるだろう。

だがジェラルドの父親は権力者だ。息子の失敗のフォローもできるほどに。

つまり、ジェラルドを味方につけるか、もしくはこれをネタに脅しをかけるかすれば、レスリーレスリーの要求が通るかもしれないということだ。脅したいのはやまやまだが、レスリーには何の後ろ盾もない。反撃されたら最後なので、前者の策が妥当だろう。

「僕、オメガだけれど、勉強が好きなんだ。成績も良いよ。新聞の取材を受けたこともある。パブリックスクールの入学試験も受けて、奨学生にもなれるくらいなんだ」

内心では目まぐるしく計算しながらも、レスリーはしおらしく目を伏せた。

「君は優秀なんだな。先生方も誇らしいだろう」

ジェラルドは素直に感心している。よしよし良いぞ、とレスリーはほくそ笑む。

「残念ながらそうでもないんだ。僕らオメガはつがいなしでは、島の外に出ることすらかなわない。賢いオメガなんて誰にも歓迎されないんだ」

芝居にも熱がこもり、まつ毛を震わせながら、レスリーは訴えた。

「オメガであるという理由だけで、僕はパブリックスクールの生徒になれなかった。悔しいよ。この島で一番学力の高いこのルズベリー校に入っても、オメガは義務教育までしか受けられない。僕だって良い大学に進んでもっと勉強したいのに」

「そうなのか」

痛ましそうにジェラルドはレスリーの肩を、いたわるように撫でた。

「この学校のオメガは、大学受験資格が得られるレベルの授業を受けていると聞いていたが、事実は違うのか。僕は世間知らずだな」

「この島のオメガのほとんどは現状に満足しているから、実情は話題に上らないんだ。僕らはここで全てから守られて、飢えることも虐げられることもない。充分な居住環境が用意されて、不自由なく暮らしてゆけるんだから、きっと恵まれている。みんな、勉強なんて将来の旦那さまに気に入られたいからしているだけ。僕が異端なんだ」

「君は将来何になりたいの？」

「……弁護士になりたい」

レスリーは目を潤ませて答えた。これだけは本心からのものだった。

「僕はオメガ専門の弁護士になりたい。アルファによって一方的につがいを解消され離婚したオメガが、理不尽な離婚条件に異議を申し立てて裁判まで持ち込んだとしても、いつもオメガ側が敗訴して、泣き寝入りするしかない現状だ。法曹界の階級制度は強いと聞くよ。優秀な弁護士がアルファとその取り巻きのベータで固められている限り、オメガは不当に扱われ続けると思う。僕はそれを変えるために自分の能力を活かしたい」

勢いあまってアルファを批判する論調になったが、ジェラルドは真剣に耳を傾けて、深く頷いてくれた。

「……僕は今まで君たちを誤解していたようだ。君たちは僕の母のように優しくて、美しくもか弱い存在ばかりだと思っていた。君のように聡明で、自立心の旺盛《おうせい》な人もいるんだな。オメガにだって個性はあるだろうに、そんなことも思いつかなかったなんて」

恥じ入るようにジェラルドは告白した。

「僕はまだ未成年だが、君のつがい、君の味方だ。君の夢を支えられる存在になりたいと思う。君を守るのが、これからの僕の使命だ」

「……ありがとう、ジェラルド」

レスリーは、騎士のように誓う彼を頼もしく思いつつも、同時に、失望もしていた。

こんなに真剣に話を聞いてくれるジェラルドですら、言葉の端々から、オメガは馬鹿でか弱いものだという、無意識の差別意識が感じ取れる。

どうやら、つがいになったからといって、相手のことを好きで好きで仕方なくなって、相手の全てを肯定したくなる、というわけではないらしい。

レスリーは、アルファとオメガは、つがいになると同時に心も結ばれるのだと教えられて育ってきた。図書館の本も口をそろえて、アルファとオメガの運命的な恋を肯定するばかりだから、そう信じていたけれど、違うようだ。

確かに発情に浮かされているあいだは、レスリーはジェラルドが自分の失った魂の片割れであるような気分にすらなっていたが、今はそう感じない。

レスリーはレスリーで完璧に一人の人間だ。ジェラルドとは確かにつがいの絆は感じるが、あくまで他人だ。一生一緒にいたいだとか、目を合わせただけで胸が苦しくなるほどときめくだとか、そういったことは一切なかった。

これは奇妙だとレスリーは思った。つがいの絆は心の絆だ。相手への想いが失われれば、つがいの結びつきも解消されてしまうのだから。精神の結びつきなく、つがいの関係は成立しないはずなのに。

ただ、ジェラルドのほうは、先程からアルファらしくもなく、レスリーにへりくだっている。もしかしたら、つがいの関係は、アルファだけが想いに縛られるものなのかもしれない。オメガに知恵をつけさせないのは、アルファのほうがオメガの支配を受けやすいからではないのだろうか。

もしそうなら、オメガはアルファの支配を逃れ、逆にアルファを利用することもできるのではないだろうか。オメガでも世界は変えられるのではないだろうか。

「本当に君が僕の味方になってくれるなら、お願いしたいことがあるんだ……」

その仮説に、レスリーはぞくぞくし、楽しくなって微笑んだ。

それを証明するために、まずはこのアルファを飼いならそう。オメガの自由のために。


翌朝、レスリーはジェラルドを連れて校長室へ向かった。

一晩中行方不明だった逃亡オメガがアルファと一緒に現れた。しかもそのアルファというのがこの学校の出資者の息子ときている。

校長は狼狽しきり、緊急の会議が招集されることとなった。

会議の前に、レスリーは別室で医者の診断を受けた。幸い抑制剤の効果は現れていたらしく妊娠の心配はないそうだ。それを聞いてレスリーはほっとした。妊娠の可能性までは考えがまわっていなかった。子供がいるとなると状況が変わってしまう。

診断を聞いたあと、執務室に足を向けると、すでに会議は始まっていた。

広い部屋の中央には、赤みがかったマホガニーの長テーブルがどっしりと据えられており、幹部クラスの顔がずらりと並んでいる。皆、陰鬱《いんうつ》な面持ちだ。

レスリーはジェラルドの隣に席を用意されていた。校長の真正面の位置だ。

設立当初からこの地位にいる最高責任者は、青い顔をしてこちらを睨みつけていた。

「まず、アルファとオメガがつがいになれる年齢は十六歳からだが、君も知っている通り、パブリックスクール在学中は禁止されている」

ジェラルドはすでに彼らに、自分たちがつがいになったことを説明したらしい。

おっとりしたイメージがあったが、今のジェラルドは泰然とした面持ちで、この部屋で唯一の指導者のように室内を見据えている。

「承知しております校長。そしてアルファはつがいのオメガと片時も離れることなく守護することが義務付けられていることも」

レスリーより先に、口を開いたのはジェラルドだった。その発音は相変わらず美しかったが、リネン室にいた時とは違い、乾いて低く、冷たく感じられるものだった。

「だからといって、君を退学させるわけにはいかない。君はヴィンセント家のご子息だ。その自覚はあるのか？」

「父とはもう連絡がついたのですか？」

「君の主張を聞いてから判断するとお父上は仰《おっしゃ》ってるよ」

「そうですか」

ジェラルドはゆっくりと頷いた。この部屋にいるのはレスリーをのぞけば、彼よりふたまわりは年上のそれなりの役職についている人間ばかりだ。だというのに、彼らはジェラルドに反論するでもなく、ジェラルドの一挙一動を固唾《かたず》をのんで見守っている。

　これがアルファの貫禄というものなのか。それともそれほどまでに、ヴィンセント家は影響力のある存在なのか。レスリーには判断がつかないが、頼もしいことは確かだった。

「彼……そういえば名前を教えてもらっていないんだが」

「あ、レスリーです」

　ジェラルドに話をふられて、そういえば名乗ってなかったな、と今更気づく。

　名前も教えていない相手とつがいだなんて。そんなことを考えて少しおかしくなる。

「ファミリーネームは？」

「一応は与えられていますが、名簿から適当に割り振られただけの、何の意味もないものです。ここでは誰も使っていません」

「レスリー」

　校長が咎めるように名を呼んだが、レスリーは無視した。

「そうか。じゃあ、失礼してレスリー君と呼ばせてもらうよ」

　ジェラルドは目元だけで微笑むと、再び大人たちに向き直る。

「レスリー君と僕との出会いは偶発的なものでした。本能に突き動かされた愚かな過ちと言われればそうかもしれません。しかし当時のレスリー君は発情促進剤を打たれ、強制的に発情させられていました。あなたがたの誰かが彼にそのようなことをしたとすれば憂慮《ゆうりょ》すべき、非人道的な行いであり、僕らがつがいを結ぶことになった責任は、その誰かにあるはずです。ルズベリー校では生徒に対し、日常的にそんな扱いをしているのですか?」

「それは違う。発情促進剤なんて、何かの間違いでしょう。レスリーはまだ体が出来上がっていない年齢です。予定外の発情に動揺して、狂言を吐いたのでしょう」

レスリーは幹部たちの嘘にショックを受けて、思わず声を上げた。

「僕に、そんな嘘をつく必要があるでしょうか? 昨夜僕は寝込みを襲われて教会の聖具室に監禁され、薬を打たれたんですよ? とても恐ろしかった」

「私にはレスリーの主張が正しいように聞こえます。彼は聡明で、虚言癖があるようには見えません。本土から医者を呼んで確認してもいいんですよ」

ジェラルドが、レスリーの訴えを援護してくれる。

「会ったばかりの人間に、何がわかるんだね? 我々はレスリーの面倒を何年もみてきているんですよ? 彼は賢いが、それゆえに、巧妙な嘘をつく」

「確かにレスリー君は聡明で、誇り高い人のようです。そんな彼が、真夜中の庭で土まみれで震えながら、見ず知らずの私に助けを求めるほど切羽詰まった姿を晒すでしょうか。それに彼は今や、私のつがいです。彼を侮辱するのは私を侮辱するのと同じことです」

あくまでも穏やかに、ジェラルドは返す。

「僕らは、あなた方に謝罪を求めようとは思いません。調査が入れば明らかになることでしょうから。ただもはや、私はレスリー君をこの学校に置いておくことはできません。彼が私のつがいである限り、私と彼は離れ離れでは暮らせない。つがいならば島の外へ連れていくことは可能なのでしょう?」

「ええそれは……問題はありませんが、あなたはまだ寄宿舎住まいと伺っておりますが」

校長はもごもごと彼に返す。すっかりおどおどとして、惨めな様子だった。

「私はレスリー君から、彼がパブリックスクールの奨学生になれるほど優秀だと聞いています。でしたら私の通うサザランド校への編入も問題ないでしょう」

「何を言っているんだね」

信じられないといったふうに、室内がざわつく。ジェラルドは、何がだめなのかわからないという態度で肩を竦めた。

「異論があるんですか? これが最善の策だ。父の面子も傷つかず、私はつがいを側に置ける。あなたたちは面倒な生徒を一人厄介払いできて、サザランド校は優秀な生徒を一人得るのですから。レスリーには、自分がオメガであることを隠す了承を得ています。あとは父に入学許可を得てもらえば良いまでのこと」

「しかし」

「そのように、父に連絡していただけますか?」

一言一言、噛みしめるようにジェラルドは言う。有無を言わさぬ口調だ。

しばらく睨み合いが続いたが、折れたのは校長のほうだった。

ジェラルドが、電話口で父親と数分喋った後、レスリーの人生は変わった。

数時間もしないうちにレスリーは編入の手続きを始め、大量の教科書を買い与えられた。

新学期は昨年の九月に始まっているので、授業に追いつけるようにとのことだった。

その上、新しいファミリーネームすら与えられることとなった。

「ヴィンセント一族の親戚《しんせき》で、現在はアメリカで不動産業に携わっている。君がスクールを卒業するまでは、この家の養子に入ってもらうことになった。念のためだが、勘ぐって戸籍を調べるような人間も中にはいるからね」

「籍まで入れるなんて、用心深いんですね」

「権力というものは敵も作りやすいものだよ」

手続きのためにやってきた弁護士のベータは、軽く肩を竦めてみせた。

促されるまま契約書にサインしながらレスリーは、持つ人間は本当に、呆れるほど何でも持っているものなのだとしみじみと実感した。

レスリーの新しいファミリーネームはローズだった。渡された身分証にも自分の名前の隣にはすべてローズの印字がある。

レスリー・ローズ。いい響きだと思った。

新しい名前、新しい生活。これから新しい人生が始まるのだ。

クリスマス休暇の最終日に、ジェラルドがレスリーを迎えに来た。

レスリーはスーツケース一つで船に乗った。一度も振り返りはしなかった。楽園を追放されたイブや蛇に少しだけ思いを馳《は》せたが、すぐにその考えを追い出した。

島の外は曇り空で、海を渡ってきた風は強く、痛みを覚えるほど冷たかった。一日のほとんどを温室で過ごしてきたレスリーにとって、それは信じがたい寒さだったが、あえて甲板に佇み、灰色の波の上を漂う霧の向こうに陸地の影を探していた。

「寒くはないか？」

「寒いよ。目が切れそうなくらい寒い」

そう返しながらもレスリーは背筋をまっすぐ伸ばして前を向いていた。これからレスリーはオメガであることを隠し、生徒のほとんどがアルファの寄宿学校で二年間を過ごすのだ。相応の覚悟が必要だった。

オメガとばれたら全て終わりの危険な賭け。けれど、大きなチャンスだ。

「陸に上がればましになる」

そんな決意を固めるレスリーを守るように、ジェラルドが隣に並んだ。気勢を削がれたレスリーはむっとしたものの、口には出さなかった。ジェラルドがいるとなんだか心地よい。体が大きいので風よけになるというだけではなく、彼が近くにいるだけで、レスリーの体の芯に、ろうそくの焔《ほのお》のようなぬくもりが、ほっと灯るのだ。

「厳しい冬の嵐が春を作るそうだ。荒い波が、海底にある養分を含んだ泥を攪拌《かくはん》して散布すると、それを食べるプランクトンが増え、それを食べる魚が増え、美しい春が訪れる」

「春が楽しみだな」

白い息を吐きながらレスリーはつぶやいた。ジェラルドの声は耳馴染みがよく、緊張しているレスリーを少なからずリラックスさせてくれる。

まあ、彼が近くに来るのは許容しよう。レスリーはこっそり自分に言い訳をした。育ちの良い、少し世間知らずのレスリーのつがいは、これから唯一の味方になるのだから。

操りやすくするためには、相手を深く知らなければいけない。

恋をしたことはないので、誰かを好きになる気持ちはわからないが、恋愛小説はそれなりに読んできた。ノウハウはある。

「島の外での生活はどんな感じ？」

レスリーは、あたりさわりのない話題を選んで彼にふった。彼はすぐにレスリーと目をあわせて、親切な様子で口を開く。

「ルーシティ島みたいに快適ではないな。オデュッセイアの冥土そのものだと言う人もいる。暖流と西風のおかげで、緯度のわりには過ごしやすいそうだが。首都は華やかで、空気が汚い。気候は一日で冬から夏になるくらい変動することもある」

ジェラルドは赤くなった鼻をマフラーに埋めながら語った。レスリーは半歩だけ彼と距離を詰めた。彼の大きな手が、迎え入れるようにレスリーの肩にまわされる。レスリーはそれに気づかないふりをした。押して引くバランスが大事だとロマンス小説には書いてあった。

「サザランド校のあるタンジェレィはどう？」

「周囲は黒い森と畑ばかりの、陰気なところだ。ヒースの丘は、春だけは美しい」

口ではそう言いつつも、彼はみょうに嬉しそうで、愛着があるようだ。

「へえ……楽しみだな」

レスリーは口先でだけ同意してみせた。ヒースの丘は暗い荒れ地と聞いている。そこにどんな魅力があるのかは、ちっとも想像できず、興味もなかったからだ。代わりにレスリーはジェラルドをまじまじと観察した。彼は、先日とは印象が違っていた。制服姿のせいか、それを着崩しているせいか。それともセットしていない豊かな髪が星空のような双眸を隠しているせいだろうか。何となく、もっさりとだらしない。

そのことに、レスリーは少しだけ、がっかりしていた。

やがて船は陸につき、レスリーは本土を踏みしめた。

そこはアスファルトで固められた灰色の道と、冬枯れした街路樹、現代的な鉄筋のビルが並んでいるばかりの、ひどく味気なく冷たい場所で、レスリーは戸惑った。

「こっちにバス停があるよ」

おまけにジェラルドはレスリーに声だけかけて、さっさと先に行こうとするから、レスリーは驚いて声を荒げてしまった。

「待って、ほらクロックスしないと！」

手をのばしてもジェラルドは首を傾げるばかりで、レスリーはじれったくなる。

「島の外ではクロックスって使わない？　前を行く人の腰をつかんではぐれないよう列を作ることなんだけど」

「ああ、なるほどクロックス……それは、こちらでは……」

ジェラルドは一瞬宙を眺めて、言葉を選びつつ舌に乗せているようだった。

「列になるより手を繋ぐ方法が一般的だ。荷物もあるし、もし君さえ良ければ、本土式のクロックスにしたいんだが」

「かまわないよ。むしろ僕は本土式に慣れておかないと」

レスリーは差し出された手をぎゅっと握った。確かにこちらのほうが歩きやすい。

「実はクロックス、格好悪いと思っていたから、手を繋ぐだけでいいなら嬉しいな」

レスリーがひそひそと打ち明けると、ジェラルドくすぐったそうに微笑んだ。

「僕もそう思うよ。隣に並んで歩くほうがずっといいだろう？」

バスで駅まで行き、そこから電車に乗りこんだ。都心で一度乗り換え、さらに四時間北へ。最寄りのタンジェレィ駅でスクールの送迎バスに迎えられ、田舎道を走る。ようやくサザランド校に到着したのは、日が暮れる寸前だった。

延々と続く暗い森がふいに開けて、ゴシック様式の巨大な礼拝堂の尖塔《せんとう》が現れたときには、レスリーは難破船《なんぱせん》が霧の中に灯台を見つけたような気分になった。

重厚な鉄の門を潜り、時計塔の前で車から降りると、強い風が冬枯れの梢《こずえ》をざわざわと鳴らす音に囲まれる。長い年月靴底で磨かれ続けて、濡れたような艶の出た古い石畳はどこまでも続き、両脇には灰色の雲に届きそうな高さの、巨大な建造物が聳えている。

そのものものしい雰囲気に圧倒されて、レスリーは肺が紙になったように息苦しくなった。浅い息しか吐けなくなっていると、ジェラルドがそっと手を握って隣に並んできた。

「だいじょうぶ？」

心配そうに覗き込まれると人心地ついたが、レスリーはむっと眉を寄せる。

「風が強くて、驚いただけだよ」

強がって言い返すと、ジェラルドはそれはよかったと目を細めた。まるで威嚇《いかく》している小動物を見守るような目だとレスリーは感じたが、賢明に口をつぐんでおいた。

眼の前に聳える、色大理石製の壮麗な礼拝堂を中心にして、両脇に分厚い大理石とレンガで作られた古い大講堂、図書館、博物館が配置されている。教室は教科ごとに分けられているらしく、病院のように長い建物が列をなし、隅には学校長の優雅な邸宅もある。

「八棟の寮館はハウスと呼ばれている。側に建っているのはハウスマスターの家族棟だ」

ジェラルドの解説を耳に、レスリーは敷地内を見回した。

それぞれの建物は、整備された中庭とゴシック調の回廊で繋がっている。

礼拝堂の周辺はゆるやかな丘の上にあるので、ぐるりと首を巡らせるだけで、敷地内のラグビーやフットボール、クリケットなどの各種球技場、陸上競技のグラウンド、テニスコートなどが一望できる。馬術用のパドックや射撃場、ゴルフコース、ドーム型の体育館もある。大きな川が流れているのも見えた。病院や劇場もあるというから、もはや一つの街のようでもあった。

その薄明かりの絵画のような広大な敷地の、あらゆる場所でアルファに出会った。長身で見目のいい青年たちは、冬の寒さをものともせずに、背筋を伸ばして優雅にゆきかっている。サザランド校の生徒数は七五〇名ほどと聞く。少なくともそのうち七百人はアルファだ。そしてオメガは一人きり。そう思うと怯む反動で睨むように目つきが悪くなったレスリーは、すれ違う相手に怪訝そうにされることもしばしばだった。

「学生用の農場もある。ヴェルサイユ宮殿みたいに昔の農家を再現した建物つきでね。家畜の牛と山羊もいるから、その気になれば敷地内で自給自足もできるな」

「急に戦争になっても、ここで事足りそう」

「一通りはまかなえるだろうな。ただし料理の質は期待できないが……もうすぐ君の舌でそれが確認できる」

軽く冗談めかして、ジェラルドはレスリーを食堂まで導いていった。


起床時間は決められておらず、八時からの朝食は卵料理をメインに、トーストかブリオッシュがつく。一一時に二五分間のモーニングブレイクがあり、甘い飲み物や焼き菓子が提供される。一三時からの昼食が正餐《せいさん》になり、一番豪華な料理が出る。特に礼拝のある日曜日の昼食はローストビーフが饗《きょう》されるので、皆が楽しみにしているそうだ。四時から三〇分間のアフタヌーンティーがとられ、サパーは一八時から。

歴史を感じる、大聖堂のような食堂には、ハウスごとに長いテーブルが置かれている。ジェラルドは監督生だったようで、席が上座にあり、その隣にレスリーも席を用意されていた。短いお祈りのあと、上級生から順に料理がまわされ、ときおり寮母が生徒のマナーを注意している。今日はまだほとんどの生徒が休暇から戻っておらず、ほぼ外国からの学生しかいないため静かなものだとジェラルドは言ったが、それでもときどきふざけて友達にパンを投げるやんちゃな下級生や、きまぐれに立って席をうつる生徒がいて、ルズベリー校よりもずいぶん騒がしい。レスリーはどういった態度で食事をとるのが自然なのか掴めないまま、黙々と料理を口に運んだ。

肝は据っていると自負していたが、元気いっぱいのアルファに囲まれた環境にはさすがに緊張する。隣のジェラルドもまた、さきほどまでの饒舌《じょうぜつ》さを忘れたかのように、黙して皿の上のものを平らげるばかりで、声をかけづらい。

「ヴィンセントさん、クリスマス休暇はどうでした？」

食事がずいぶん進んだころ、メインの皿をサーブしていた下級生が、ようやく勇気をふりしぼった様子でジェラルドに話しかけてきた。

「退屈だったよ。ところで、セオドアはまだ帰ってきていないのか？」

ジェラルドは、そんな相手を一瞥しただけだった。感情のこもらない事務的な口調に、下級生はおどおどとしていたが、ジェラルドは彼を気遣おうともしない。

「セオドアさんは、今朝到着なさっているはずですが」

「なるほど、いつものやつか…」

ジェラルドは独り言のように呟くと、話しかけられたことを忘れたように食事に戻ってしまった。

「あ、あの」

「なんだい？」

「お連れの……隣の方……新入生ですか？」

「ああ、シックススフォームに編入してきたローズだ。僕の親戚なんだ」

「レスリー・ローズです」

レスリーは、今日何度目かもわからない台詞《せりふ》を繰り返した。

それにしても、何度交わしてもうんざりするのがこのやりとりだ。なぜだか皆、まずジェラルドに声をかけ、レスリーについて質問するのだ。ジェラルドが監督生だからだろうが、まるで自分が添え物のように扱われている気がして不本意だ。それに、口調こそ丁寧だが彼らの視線は、あまりに饒舌だ。こんにちはヴィンセント、やあ今来たのかヴィンセント。ところでそのそばにいるコブみたいなのは何？

「よろしく。ローズさん」

けれどそんな本音はおくびにも出さず、笑顔でレスリーに挨拶をするのだ。

「僕と違って綺麗好きそうだろう？」

ジェラルドは今まで話しかけてきた生徒がレスリーを評した言葉を口にした。ローズは綺麗好きそうだから、面倒をみてもらったらどうだいヴィンセント。そんなふうに何度もからかわれて、食傷《しょくしょう》気味《ぎみ》なのかもしれない。

ジェラルドは、自分がルーズだという自覚はあるが、直す気はないようだ。

今の彼はシャツの襟もタイも乱れているし、ジャケットの前はあけっぱなしで、髪の毛も整えていない。肩で渦を巻く髪はライオンのようにゴージャスだから、みすぼらしくはないとはいえ、自らの外見に無関心な様子に、レスリーはようやく、彼が休日だからラフな着こなしをしているわけではなく、これが基本なのだと気がついた。

折角容姿がいいのに、一緒にいて恥ずかしいんだよな、とレスリーは内心で毒づいた。が、さしあたって今は注意する気力もないので見ないふりでやりすごしている。

下級生はそれ以上はジェラルドに話しかけず、すごすごと席に戻っていった。

レスリーの見た限り、ジェラルドと他の生徒たちのやり取りは、だいたいこの調子だ。挨拶と休暇の話、ときどきニュースや天気の話が挟みこまれ、同級生なら彼の身なりのだらしなさをからかいのネタにする。レスリー以外の生徒と会話しているジェラルドは表情に乏《とぼ》しく、なにごとにも興味なさそうに目はうつろで口調はぼそぼそとしている。まるで冬眠明けのクマのように、感情が読み取れず、得体の知れない印象を受けた。

そしてレスリーは、直接は言われていないが、どうも毎回下級生に間違われているらしかった。確かに敷地内に足を踏み入れてからというもの、自分より背の低い相手が全て十三かそこらの下級生なのは薄々察していた。

オメガとアルファの体格差については承知しているとはいえ、ルズベリー校時代はレスリーより長身の同級生はいなかったので、この事実はかなりショックだった。

人の容姿を指摘するのはマナー違反だが、それでも小柄であることを仄めかさずにはいられないということは、つまりこの学校でのレスリーは特筆すべきチビということだ。不本意ながら、その小柄さはアルファのなかでも長身であるジェラルドの隣に立つことで、更に引きたっているのだろう。

そういえば、敷地内の家具の取っ手なども、いちいち高い位置にある気がする。まるで巨人の国だ。舐められないよう気を張らなければと、レスリーは伸び上がるように背骨を伸ばして、よそいきの笑顔を浮かべた。

緊張して、料理の味もわからないままの食事を終えて外に出ると、すっかり日がくれた敷地内の車寄せには、車が列をなしていた。

「休暇の最終日は、家族との夕食を終えてから戻る生徒が多い。学校の食事は質素だからな」

暗くて顔は見えないが、別れを惜しんで抱き合うシルエットがいくつもある。さらにアルファが増えるのかと、レスリーはうんざりした。

「そしてここが僕らのハウスだ。僕らは5ハウス。ハウスはどれも似たような作りだが、間違えて入ると顰蹙《ひんしゅく》を買うから気をつけるように」

説明を受けつつ導かれたのは、蔦《つた》の絡まる美しい寮館だった。

「階上ほど学年が高くなる。最終学年のアッパーシックススフォームになると別の建物に移るから、僕らの学年がハウス内で一番偉そうにしているよ。各フロアには共同のバスルームが四つと簡易キッチンがある。ロウアーシックススフォームのフロアは四階だが、僕らは屋根裏部屋を使う。屋根裏は三人しか使っていないから実質バスルームは貸し切りだ」

エントランスには、ハウス出身の有名人の名前の入ったプレートが掲げられており、扉を潜るとすぐに、精巧な彫刻の施された板壁に設えられた主階段に迎えられる。

「貸し切りなんて、特別扱いなんだな」

「屋根裏部屋は通常使用人のスペースだから人気がない。だから僕が上級監督生を引き受けることを交換条件に選ばせてもらった」

飴色の手すりを伝って階上を目指しつつ、レスリーは眉を寄せた。ジェラルドがなんでもないことのように言った上級監督生とは、学年で成績優秀者が選ばれるものだ。

「交換条件に上級監督生なんて……なりたくてもなれない人もたくさんいるのに」

「僕は人を指導する立場に適した性質ではないと断ったのだが寮長がしつこくて」

上級監督生は同じ生徒の勉強の面倒などを見るなどの仕事を受け持つ代わりに、ネクタイやベストなどは好きなものを選べると聞いたことがある。残念ながらジェラルドの身なりでは、監督生だとは全くわからないから、その特権に心底興味がないのだろう。

「君は奥のほうの部屋を使えばいい」

階段を登りきり、案内された部屋はこじんまりとしていた。温かみのある木の壁に、クローゼットとシンプルなベッド。足元は絨毯《じゅうたん》が敷かれている。

天井が低いのが少し気になるが、壁にはめこまれた大きな採光窓からはサザランド校の敷地が一望できて悪くなさそうだ。

「屋根裏部屋なんて初めて暮らすよ」

「壁が斜めだが普通より広いくらいだ。夏は暑いし冬は寒いが日当たりと見晴らしが良くて僕は気に入っている」

天井が低いため圧迫感はあるものの、ジェラルドの説明どおり、寮館と思えないほど人の気配が薄く、居心地が良さそうだった。

「このフロアに部屋は五つある。寮生は僕らを入れて三人で、皆同年齢だ。一番広い部屋は自習室にして三人で使う予定でいる。一番狭い部屋も三人共同の書庫にしようと考えている。君抜きで決めたことだが、いいかな」

「かまわないよ。ありがとう」

ひととおり案内し終わったあとも、ジェラルドはレスリーの部屋に居座って、世話を焼いてくる。

「ということは、僕らの他にもうひとり住人がいるってこと？」

レスリーは床に置かれた荷物を避けるようにして、ひとまず寝台に腰掛けた。

洗いたてのリネンの香りとともに、柔らかなマットに下半身が沈む。このまま横に倒れたい欲求を、クッションを抱きしめることで何とか押しとどめた。

それにしても、このベッドは見かけよりも頑丈だ。ジェラルドの話を聞き流しつつ、レスリーはぼんやり考えた。スプリングが全然きしまない。体の大きなアルファに適したものなのだろうが、レスリーなら横にでも眠れそうなほど大きい。

正体を隠して入学したといっても、校長クラスはレスリーがオメガなのを承知している。自分の寝台だけ特別設計だったら嫌だな。

「もう一人は、セオドアだ。セオドア・モートン。僕の幼馴染でもある。君を夕食時に紹介するつもりだったんだが、顔を見せなかったから明日にでも紹介する」

「食事どきに現れないなんて、どこか具合が悪いんじゃないの?」

「いや、大丈夫だろう。彼は時折夕食を抜くんだ。役者志望で、役作りでウェイトをしぼっているとか言い訳するが、あれはただ面倒なだけだな。いいヤツだが。協調性がない……ああ良かった、制服も間に合っている」

ジェラルドはレスリーのクローゼットをあけて、わがことのように制服を確認している。スクールのエンブレムの入った三つ揃えの制服、白いドレスシャツ、フェルトの帽子、ソックス、下着、靴、手袋、正装用の黒いモーニング。それら全てにレスリーの名前が刺《し》繍《しゅう》されている。全部新品で、自分のために仕立てられたワードローブは、重いまぶたを持ち上げているだけのレスリーの目にも嬉しいものだった。

机の上に積み上げられた参考書の数々も、誕生日のケーキよりも幸福な贈り物だ。ジェラルドは、それらに漏れがないか、ひとつひとつをチェックしてくれている。それだけまめな作業ができるのなら、自分の身なりもちゃんとすればいいのに。

「明日の朝の準備も手伝うよ。今日は早めに眠るといい」

「そうする」

答えると、ジェラルドはレスリーをじっと見つめたあと、ふと、隣に腰掛けてきた。急に距離を詰められて、レスリーはぴくりと肩を跳ねさせる。

「今日は疲れただろう。移動が多かったし、知らない場所ばかりで」

彼は穏やかにレスリーを気遣う言葉をつむぎつつ、肩をそっと抱いてきた。

「そうだね……僕は列車で旅をするのも、途中で買ったサンドイッチとパックの紅茶で食事をするのも、タクシーに乗るのも初めてだった。外で生活するって大変だな」

抱き寄せられることに戸惑っているのを誤魔化すように、レスリーは早口で返した。

「困ったことはあった？」

「ないよ。あなたのおかげで」

実際、今日一日、ジェラルドはレスリーが恥をかかない程度にサポートをしてくれた。最初は雑だと思ったリードも、その近すぎない距離感が良いと気付いたところだ。

「僕はあなたの助けなしでは、もと来た道を帰れるかどうかもわからないけれど……」

ありがたかった、助かった。そう思っているのに、レスリーは素直に感謝の言葉が紡げず、もぐもぐと、捉え方によっては嫌味ともとれることを口にするのが精一杯だった。

頼る、という行為が、レスリーは昔から苦手だった。それは借りを作ることだと思っているからだ。親切にされると、相手に引け目を感じるし、かわりに法外なことを要求されはしないかと、猜疑心《さいぎしん》が芽生えてしまう。

今だってそうだ。素直にありがとうと言えば、彼はレスリーにキスをしてくるかもしれない。何せ、眼の前のアルファはレスリーにぞっこんなのだ。レスリーは今疲れているし、発情期でもない。自分からの接触はまだ我慢できるが、もともと誰かに体を触られるのが嫌いなのだ。それでも親切の代価と迫られたら、拒めなくなりそうだから言えなかった。

そんなレスリーの葛藤を前に、ジェラルドは大丈夫だと微笑んだだけだった。

「大変だと思うが、くれぐれも無理はしないよう。困ったら何でも相談してくれ。僕はいつでも君の味方だ。僕のことは、便利な道具だと思ってくれていい」

その上、そんなことまで口にした。驚くほど優しく甘い声で。頑なさを隠しきれないレスリーの態度までも、理解しているとばかりに。

他の人の目がある環境では、ジェラルドはこんなふうに優しくレスリーに触れたり、甘い声をかけたりしなかったから、レスリーはこの変化に戸惑った。

今のジェラルドからは、無償の献身のようなものすら感じる。他の生徒に対するときと、ジェラルドは明らかに態度が違う。つがいを守るという、アルファの義務もあるだろうが、特別に優しくされているのがよくわかる。

　正直に言うと、レスリーはそれを持て余していた。確かにジェラルドは、レスリーのつがいであり、唯一の頼れる相手だ。特別扱いされるのは望むところだが、いざ実際に、包み込むようなぬくもりを向けられると、いたたまれなくて逃げ出したくなる。

　甘え下手なのもあるが、自分はジェラルドと同じ気持ちではないから、後ろめたいのだ。いくらアルファを憎んでいて、ジェラルドを利用してやろうと決めたといっても、レスリーは悪人にはなりきれない。罪悪感はある。

「そうだね、今日はたくさん初めてのことがあったから緊張した」

「明日はもっと新しい出会いがあるぞ。まあ、そのうち慣れるさ」

　ジェラルドはにっこりとして、レスリーのこめかみに唇を近づける。

　それくらいならと、レスリーはおとなしく彼のキスを受けて目を閉じた。

　ジェラルドのことは、今のところ便利な駒以上には思ってはいない。けれどジェラルドに寄り添われると、体からおかしな緊張が抜けて、心地良いのは事実だ。

　むろん、この感覚に、完全には屈してはならない。アルファの好きにはさせないという強い意思を持たなければならない。頭の奥で何度も自分に言い聞かせても、長旅の疲れと緊張で、まぶたが一気に重くなる。

「ヴィンセント、帰ってきたのか！　ちょうど良かった、かくまってくれ！」

気を抜いたタイミングを見計らったように、急に窓から見知らぬ男が飛び込んできて、レスリーは驚きのあまり悲鳴を上げた。

「おい、ヴィンセント、鍵もかけずに部屋に連れ込むのは無しだ。不用心だな」

窓からの侵入者は、くっついている二人に驚く様子もなく、偉そうに顎《あご》をしゃくった。

「連れ込んだのではない、ここは彼の部屋だ。明日から編入するレスリー・ローズ。僕の親戚にあたる」

ジェラルドもまた、まったく素の態度で侵入者に返事をしている。

「ローズ、彼が、夕食をさぼったセオドアだ。セオドア・モートン」

「よ、よろしく」

すっかり気が動転したレスリーは、うわずった返事をするのが精一杯だった。

「へえ、親戚かあ」

彼は目を細め、遠慮なくレスリーを観察した。何なんだこの人は。レスリーはむっとして彼を睨み、同時に、彼が恐ろしく美しい容姿をしていることに面食らった。

背丈はジェラルドほどではないがすらりと高く、手足が長くてまるで人形のようなスタイルだ。肌は陶器のように白くなめらかで、緑色の神秘的な虹彩を、密な長いまつ毛が彩っている。完璧な位置に収まった顔のパーツはふんわりとした甘い栗色の巻き毛で包みこまれ、まるで天然のソフトフォーカスがかかっているようだった。

バランスが良すぎて、まるでエルフかなにか、体重がないような存在に見えるのに、彼は腕を組んでにやりと口角を上げ、悪魔みたいな笑みを浮かべた。

「なんだ、ヴィンセント、こんな可憐なタイプがお好みとは、あんがいシャイなんだね」

「変な勘ぐりはよしてくれ。ローズに失礼だ。僕らはこれから同じフロアを使うんだぞ」

「なんだよ、ちょっとした冗談じゃないか。初めましてローズ。セオドア・モートンだ」

「初めまして」

くるりと態度を変えたセオドアが手を差し出してくる。まるで険のない、花が咲くような微笑みに、思わず赤くなりながらレスリーはおずおずと彼の手を握った。セオドアは指先まで完璧に美しい。

「しかし残念だな、ずいぶんいい雰囲気に見えたのに」

けれど口を開けばけっこう残念な人物のようだった。

「ヴィンセントはおかたいやつだろう？　恋人の一人も作らないから情緒が育たないんだ」

「恋人だなんて。僕はこう見えてもアルファですよ」

レスリーは、セオドアが冗談を言っているのだと思って、苦笑まじりに主張した。

けれどセオドアはくすくすと笑っただけだった。

「ヴィンセントもたいがいだが、ローズも、もしかして箱入りなのかい？」

「そういう言い方はよせよ。君の貞操観念が緩すぎるだけだ」

ジェラルドがため息をつきながらセオドアの足を蹴った。その気安い仕草に、レスリーは目を丸くした。彼とジェラルドはずいぶん仲がいいようだ。

「人を色狂いみたいに言わないでくれ。ローズに誤解される。君だって知っているはずだ。僕がどれほど一途かを」

「ああそうだった。半年も君の恋の悩みを聞き続けたせいで僕は初めて中耳炎になった」

「あの……この学校にオメガがいるのですか？　それとも何かの隠喩《いんゆ》なんでしょうか」

レスリーは二人の会話の意味をはかりかねて、思わず疑問を口にした。サザランド校は男性アルファばかりで、女性やオメガはいないはずなのに、彼らはどうして、まるで生徒同士に色恋沙汰があるかのような会話を交わしているのか想像できなかったのだ。

「……モートン、勘弁してくれ。ローズは家庭教師についていたから世俗には疎い」

ジェラルドが渋い顔で釘を刺しても、セオドアは、まるで面白いおもちゃでも見つけたかのようにきらきらと目を輝かせてレスリーを見定めている。

「ああ、わかっているよ。君はあんがい過保護だったんだな。でもローズも……飛び級でないなら一七歳だろう？　無知のせいで悪いやつに騙されるよりは、最低限の知識くらいは、あったほうがいいと思うよ。僕は」

そう言ってセオドアは、ジェラルドの逆サイドにまわりこみ、レスリーの隣に腰掛けると、ぴったりと体を寄せてきた。彼のまとう香水だろうか、ジャスミンに似た芳香がレスリーの鼻腔をふわりと抜ける。

「ローズ、人間っていうのは性別で恋愛をするわけじゃない。確かに我々のほとんどは、将来的にはオメガをつがいに迎えて家庭を築くだろうが、それは理性的で、義務的な側面が強い。実際の恋っていうのは狂気の沙汰だ。原始的な熱病のごとく、恋に落ちるときは誰も止められない。だからって恥じることはない。確かに校則は恋愛を禁じているが、要するにばれなければいい。僕らは自由だ」

「ええと……つまり、どういうことでしょうか」

まぜっかえすようなセオドアの台詞に、レスリーはますます意味がわからなくなって目を白黒させた。ああごめん、とセオドアは歌うように謝って口調を優しくした。

「つまり、この世には、男のアルファが男のアルファに恋をして、結ばれることもあるってことだ。世間は、優秀なアルファというのはオメガとしか恋に落ちないと思わせたいようだが、そんなステレオタイプな関係だけで一生を終えるアルファなど一握りにすぎない。だから君が校内で恋人同士のアルファと鉢合わせしても、よくあることだから驚かなくていい。やたらべたべたしてくる相手がいたら下心を疑うべきだ。もちろん、そこで苦い顔をしているヴィンセントと君が恋に落ちても、誰も驚かないし、異常だと思わない」

「モートン」

ジェラルドの困ったような呼びかけを、セオドアは綺麗に無視した。

同性のアルファ同士の恋人がいるなんて。レスリーはぽかんと目も口も開いた。

「でも、アルファ同士なんて……おまけに同性だと、その、子供はできないでしょう？」

なおも納得しかねるレスリーが尋ねると、セオドアはゆっくりとかぶりをふる。

「かわいそうにレスリー・ローズ。大人たちに何を吹き込まれたのやら。恋愛は子作りのためのものではない。愛は絆のためにあると僕は思うよ。それはたとえ子供ができない関係であろうとも人生を豊かにする糧《かて》になる。ゆくゆくは政府のコンピュータが選んだオメガと結ばれる運命であろうとも、愛だけは運命から自由だ、というのが僕の信条。添い遂げることができなくとも、セックスができなくても愛は結ばれる。例えば友として、仕事相手として、心を支え合える相手として。誰に選ばれたわけでもなく自分で掴んだ愛がそこにあるのなら、それが人生の豊かさというものだとは思わないか？」

滔々《とうとう》と語るセオドアの口調は軽かったが、その目つきには真摯なものが含まれていて、レスリーをからかっているわけでもなさそうだった。だからこそレスリーは混乱した。そんなこと、考えたこともなかったのだ。

「でも……僕はアルファはオメガと恋に落ちるのが、自然だと思います」

「もちろんだ。価値観はひとそれぞれ。生理的にだめってこともあるだろうし。ただそういう考えが世の中に存在していることを受け入れるのは悪くない。特にアルファは絆を重んじる生き物だ。アルファはアルファしか愛さないという主張の者もいるくらいさ。せっかくこの学校に来たんだから、見聞を広めておきなよ」

「アルファはアルファしか愛さない、ですって？」

　驚きのあまり、激しくかぶりをふりながら、レスリーは声を絞りだした。

「アルファがアルファしか愛さないなら、アルファとつがいになるオメガの気持ちはどうなるのでしょう。あまりにも不幸ではないでしょうか？　オメガは産まれてからずっと、アルファのつがいになるためだけに生きているのに。つがいは、最も強いつながりでしょう？」

「決めつけは良くないな。それこそオメガの方々に失礼だ。オメガだってほんとうに愛しているのはオメガだけかもしれないのに。それに僕の説明した愛は、あまたの愛のうちのほんの一片だ。もちろんオメガを愛しているアルファだってたくさんいる。僕は世界の多様性についての話をしたまでだよ。つがいに関しては、愛情は一種ではない。恋愛の情がなくても家族愛や信頼でつながるつがいだっているだろう」

　優しくフォローしたセオドアの言葉は、レスリーに追い打ちをかけるばかりだった。

　オメガだけのあの島で、オメガ同士で結ばれることは禁じられてはいない。けれどほとんどのオメガがつがいのアルファに愛される未来を望んでいる。男でも発情期になれば、誰かを受け入れたくてたまらなくなる体の構造ゆえなのかもしれない。レスリーも友人たちとは強い友情で結ばれていたが、性愛を感じたことはない。けれどアルファはそうではないのだ。

セオドアはオメガの実態を知らないから多様性などと言うけれど、アルファはアルファだけで完結された世界を持ち、つがいと恋人は違うものだと認識しているならば、オメガは繁殖だけに使われる家畜のようなものじゃないか。

オメガとアルファは二人で一つの存在だ。愛し愛され結ばれる、つがいこそが最も強いつながりだ。それが世の理だと思っていたのに、間違いだったのだろうか。レスリーはアルファを警戒しているが、アルファの伴侶にはオメガがふさわしいという考えだけは、一度も疑ったことがなかったので、本当にショックを受けてしまっていた。

「それはそうとヴィンセント、さっき部屋に入ろうとしたときに助教師に見つかってしまったんだ。僕は君たちと一緒にずっとここにいたことにしておいてくれないか」

レスリーが黙り込むと、会話が終わったと取ったのか、セオドアはジェラルドに向かってまくしたてた。

「またか、君は。この間、外から鍵をかける方法を教えただろう？」

「もちろん試したさ。けれど先刻部屋に戻ったら、扉に貼ったテープがちぎれていた。きっと助教師がマスターキーを使って僕の部屋に入ったんだ。彼、僕に未練があるのかも。あれだけはっきり断ったのに」

「とりあえず窓から入ってくるのは危ないし心臓に悪いからよしてくれ」

やれやれといったふうにジェラルドがかぶりを振る。どうやらセオドアは脱走と夜遊びの常習犯で、恋多き青年のようだ。

「情熱がどうしようもなく僕を動かすんだ」

「君のお父上が知ったらさぞや嘆かれることだろうね」

「そう言うなよ。今度、3ハウスの噂について調べたことを教えてやるから」

「おまけに友人を買収するつもりか？」

「……なんだか不潔だ」

レスリーは、思わず呟いた。セオドアが苦笑する。

「変なこと教えちゃったかな。ごめんね、驚いた？」

調子よく肩を竦めて、セオドアはローズの頭を軽く撫でた。

「ローズは同い年だぞ、そういう扱いはするな」

ジェラルドが苦言を述べる。確かにそうだな、とレスリーはかぶりを振ってセオドアの指をはらい、ジェラルドに顔を向けた。

「ねえ、ヴィンセント、モートンが言ったことはほんとう？」

そして、こくりと小首を傾げてジェラルドに問いかけた。ジェラルドは、どう説明したらいいかといったふうに目を泳がせている。

「ああ……それは、モートンも説明しただろう？　そういう連中もいるってことだよ。

皆ってわけじゃない。彼は大げさなんだ」

「でも、モートンは、アルファのカップルは珍しくないと言ったよ」

「うーん、そうだなあ」

ジェラルドは顎を撫で、余計なことを言いやがって、とばかりにセオドアを睨みつけた。

「ローズ、気を悪くしないでほしいんだが、確かに自分と同じアルファを好むアルファは一定数いる。特にパブリックスクールでのそれは伝統的でさえある。けれどそれはオメガへの愛情とは違うものだ。あれはつまり……煮詰めた友情だ。アルファはつながりを大事にするから。それにうっかり火がついて恋になったようなものだ」

「……そうなの？」

「偏見は持たないでほしい。モートンは過激だが、確かに愛に多様性は必要だ」

ジェラルドはレスリーの頬を撫でながら、そんなことを当然のように口にした。

「モートンはこの通りの素行とはいえ、視野の広い男だ。慧眼で、僕より公平な目でものごとを見られる。彼の主張は一理ある」

おまけにしっかりセオドアの肩を持つから、レスリーは何も言い返せなくなってしまった。

それからすぐに、噂の助教師がやってきて、寮を抜け出したのではないかと、どこかねっとりした執拗《しつよう》さでセオドアを問い詰めはじめた。

「いいえ、私はずっとここにいましたよ。ローズの手伝いをしていたんです」

「君は夕食の席にいなかっただろう。体調が悪いのかと部屋を訪ねてもいなかった」

「おかしいな、私は部屋にいましたよ。鍵がかかっていたでしょう？　それともまた勝手に僕の部屋に入ったのですか？　だったら今度こそ、校長に告げ口しますよ」

そんなふうに、しれっと脅しを交ぜるセオドアと、セオドアを援護しつつ涼しい顔で嘘をつくジェラルドは、双子のように息があった良いコンビで、まだ若い助教師を翻弄《ほんろう》するのを楽しんでいるふうでもある。

レスリーは部屋の隅の椅子に避難して、そんな彼らを眺めながら、これが寮生活の日常なのだろうかと考えて頭が痛くなった。

アルファ同士が恋に落ちるとか、アルファはアルファしか愛さないとか。

確かにアルファ同士のほうが能力も近いから気も合うだろう。一緒にいる時間も長いから、ダンスパーティでしか会わないオメガよりも、好意を持つ機会も多いだろう。

考えてみれば、オメガの個体数からして別に全てのアルファがオメガとつがうわけではないのだから、アルファがオメガ以外に心を奪われるのは、別におかしなことではないのだ。どうして今まで、そのことに気づかなかったのだろう。

もしかしたら、すべてのオメガとアルファの間には、愛さえもないのかもしれない。

レスリー自身、つがいのジェラルドに恋愛感情を抱いていないのだから。

セオドアの言うように、恋愛以外の情でも、つがいの絆が結べるとしたら、ジェラルドだってレスリーに親切ではあるが、恋のためではないのかもしれない。

今だって、レスリーよりセオドア相手のほうが自然体で親密で、友情以上のものがありそうだ。そんなことを考えて、レスリーは胸がむかついた。

愛がないからといって不幸ではないというセオドアの主張はもっともだが、なぜだか裏切られたみたいな気分だ。

目を据わらせて二人を睨んでいると、勘違いしたジェラルドが、騒がしくしてすまないとばかりに目配せしてきた。謝っていながらも楽しそうに輝くその瞳にむっとして、レスリーは、つんとそっぽを向いた。


翌日から新学期がはじまり、レスリーは制服に袖を通して教室への道を急いだ。

シックスフォームの生徒は大学試験の資格取得のために必要な三教科から五教科を選択し、成績を上げるためのカリキュラムを組む。

パブリックスクールは一週間のうち六日間授業を行っており、日課も多い。

ほとんどの授業は平日四〇分の授業が五コマ、土曜日はそれよりひとつ少なく、午前中のうちに行われる。午後の授業は週に二コマだけだが、授業のない時間はスポーツや課外活動に参加することを推奨されていているので、慣れるまでは大変そうだった。

スクールでは授業ごとに教室を移動することになる。レスリーは法学部を希望しているので、主に文学や歴史を選択しているジェラルドとは別行動になることも多い。

パブリックスクールの生徒たちは、進学に必要な試験にパスすれば学校を去ってゆき、スクール側は空《あ》きができればそのつど新しい生徒を受け入れるので、編入自体は珍しくはないが、レスリーが同級生のアルファに対し警戒を解けないせいで、一人きりで教室を移動することも多かった。

ジェラルドと離れて廊下を歩くのは、正直緊張する。ジェラルドがいないと、すれちがう生徒たちがこちらに向ける視線が、あからさまに突き刺さってくるからだ。

おそらくただの好奇心なのだろうけれど。視線を感じて顔を向けると、なんでもないといったふうに顔を逸らされてしまうので、真意はわからない。

「どこかでお会いしましたっけ」

一度、あまりにじろじろ見てくる生徒に我慢がならなくなって、声を掛けたこともある。

「いいえ。人違いではないでしょうか？」

けれど相手はしれっとうそぶき、あまつさえにやりと、馬鹿にしたような顔をされたので、レスリーは大変気分を害したのだった。

一体何だというんだ。気に入らないなら名乗りをあげて、正々堂々と勝負しろ。

かっかしているレスリーを、モーニングブレイクのさいにセオドアが慰めてくれた。

「彼らは君に興味津々なんだよ。ヴィンセントは今まで誰かとつるむことがなかったから。ミルクは先に入れる？」

尋ねたくせにセオドアはレスリーの返答を待たずに勝手にカップにミルクを注ぐ。

肌寒いが明るい中庭の光をあびて、芝生に腰を下ろすセオドアは絵になっている。

アルファたちは外気が好きなようで、真冬でも休憩時間には外に出たがった。レスリーはできればストーブの前でじっとしていたいが、彼らに合わせてやせ我慢をしていたので、温かいミルクティーがもらえるならミルクの順番などどうでもよかった。

「そうかな？　僕はいつもジェラルドと一緒にいるわけじゃない。彼は確かに無愛想だけれど、皆から挨拶されるじゃないか、そもそも彼は僕よりも君と仲が良い」

熱いカップを両手で包みながら、レスリーは意外に思って首を傾げた。

「まあ、ジェラルドは監督生だから挨拶はされるさ。でも挨拶したからって好意的とは限らない。彼はこの学校の異端児だ。それから、僕は彼と昔から仲がいいが、別につるんではいない。僕は自分の気持ちの赴くままに生きたい自由主義で、ジェラルドは他人に興味が無い個人主義だ。絶望的に協調性がないから、あぶれた結果一緒になることが多いだけ」

「……僕にはあなたは親切で、人当たりが良さそうに見えるけれど」

「だって君はヴィンセントが大事にしている子だから、僕も親切にしているだけ」

さらりとそんなことを言う。レスリーは彼がレスリー自身にはあまり興味がなさそうな物言いをしたので、少しふてくされた。

「いや、君はわかっていないようだが、ヴィンセントはあきらかに君を特別扱いしているよ。確かに君はいい子だし、放っておけない気持ちになるのはわかる」

「子、だなんて酷いな。僕ら同級生でしょう?」

「ほら、そういうところだよ」

君、もうちょっと食べたほうがいいよ。クッキーはどう?　と、彼はおせっかいにもレスリーの皿の中に焼き菓子を放り込みながら続けた。

「ヴィンセントはいい男だと思うが、率直で合理的すぎる。興味があることは即座に行動するが、興味のないことには岩のように動かない。家柄は一流で成績も優秀。友人思いでもある。あんなに変わり者じゃなければ今頃生徒自治会にも所属していただろう。来季は確実に総長だったはずだ。本当にもったいない男だ。彼のことをこの学校のほとんどの生徒が知っている理由が、彼が変人だから、だなんて僕は残念でたまらない」

ティースプーンをふりまわしながら、セオドアはなおも喋る。

「そんなハイスペック変人に、急に仲のよい相手ができたときている」

「僕は変人の仲間だと思われるのは嫌だな……」

「いや、その態度はよくないよ、ローズ」

セオドアは戸惑うレスリーにかぶせるように口を開く。

「ヴィンセントは変人だがいいやつだ。からかわれたら、彼の魅力をガツンと言ってやれ」

無茶を言うセオドアの表情は、思ったよりも真剣だ。

「ガツンと言われても僕はヴィンセントのことをそれほど知っているわけじゃないし、入学したてでここの常識もわからない」

「今はまごまごしているけれど、ほんとうは負けず嫌いなんだろう？　君はそういうタイプだ。僕にはわかる」

セオドアはレスリーの前に拳をつきつけた。レスリーは目をぱちくりとさせる。確かに彼は人を見る目があるようだった。

「簡単だよ。君は自分が世間知らずだと思っているかもしれないが、ここの連中だって五十歩百歩だ。それに、だいたいは悪いやつじゃない。君の実力を認めれば素直に受け入れるさ。といっても、新学期から飛ばして好成績をとるのは得策ではないが」

「なぜです？」

「能力的に同レベルの者が集まっているんだ。最初に一番をとると、次は絶対に転落する。そうなったら地獄だ。ほどほどの成績から、期末にかけて成績を上げてゆくのが一番いい」

「なるほど、何事も戦略的にやらないといけないのか」

「速く馬を走らせるものは、早く馬を疲れさせる、と言うだろう？　最終的に勝てばいい」

それからふと思い出したように、セオドアが目を細める。

「あ、でも、ヴィンセントを敵視する連中には例外がいるな。ヴィンセントに関わった人物全てを敵視して、即行動にうつす過激派が」

「……不安にさせないでよ」

「心配しなくとも、急に刺してくるわけじゃないよ。法学は君、とっているのかい？」

「うん、僕は弁護士になるのが夢だ」

セオドアともう少し話をしてみたくて、レスリーは自分の話をした。

「オメガの味方になれる弁護士になりたい。つがいを解消するときはいつもオメガが不利だって聞いたから」

「素晴らしい夢を持っているんだね、ローズ。なるほど、高潔で、ヴィンセントが気にいるのもわかるよ。ふふ」

何を想像しているのか、セオドアは楽しみでたまらないといったふうに目を輝かせた。

「せっかくだから、あいつに喧嘩をふっかけてみないか？　強敵だが、あれを倒せたら、君を馬鹿にするやつなんていなくなる。彼をとっちめるなら協力するよ」

「無茶言わないでよ。他人事だと思って。そもそも、あいつって誰のこと？」

勝手に計画を練って興奮しているセオドアに取り残されながらも、レスリーは興味をひかれた。

「すぐにわかるよ……あっ、ヴィンセント」

セオドアは、遠目にジェラルドを見つけたようで、笑顔で手をふった。つられてレスリーがそちらを見れば、ちょうどもっさりとした金髪がこちらに歩いてくるところだった。

大きな声を上げたわけでもないのに、中庭内の視線が、ざっとこちらに集まってくる。

もしかしなくとも、目立つアルファたちに、自分は囲まれているのかもしれない。

……03……

セオドアが仄めかした相手の正体は、午前最後の授業のさいに判明した。

法学はレスリーもジェラルドも、セオドアも選択しており、三人で隣り合う席に腰掛けていた。

授業が始まるまでのあいだ、心理学と社会学の見地から、事前に陪審員のシミュレーションを行うことで裁判をどれほどコントロールできるかについて三人で語っていたところ、おもむろに扉が開かれ、そこに彼がいたのだ。

それはまるで古典的な演出に固執したシェイクスピア劇のようだった。三流の悪役よろしく数人の子分を引き連れて、扉の前にしゃちほこばって立っている。

「あいつがギデオンだ。ギデオン・クリーヴランド。親は裁判官。現在の生徒自治会のお気に入りで、すでに執行部入りしている。次期の執行部総長は固いと言われている男だよ」

思わず笑いそうになったのを咳払いでごまかすレスリーに、セオドアが耳打ちしてくる。

クリーヴランドは作り物のように見事な金色の髪を、かっちりと固めた、裁判官というより銀行員みたいな男だった。顔立ちはハンサムだが、いかにも神経質そうだ。

身長はセオドアと同じくらいだろうか。肩幅と胸板が広く、ジャケットのシルエットが美しい。彼も監督生のようで、ネクタイとベストを美しいブルーで合わせている。

彼の取り巻きらしい生徒もまた上品でスタイルがよく、聡明そうな顔立ちをしているものだから、この大げさな登場が余計に滑稽《こっけい》だった。

「モートン、昨夜はうちのハウスに来たそうじゃないか。新学期になって早々夜這いか？」

間近に来られてレスリーは身構えたが、クリーヴランドが話しかけたのはセオドアだった。机に手をついて、軽く胴をひねるように顔を近づける仕草も口調も、想像したより親しげで、ともすればまるで友人をからかっているだけのように見える。

「まさか。僕は昨夜、ちゃんと自分のハウスにいたよ。編入生が来たからヴィンセントと一緒に、ささやかな歓迎会を開いていたところだ」

セオドアはしれっと返しつつ、レスリーの肩を引き寄せた。

「こちらがその彼。ヴィンセントの親戚らしい。アメリカ産の。ねえ、レスリー・ローズ、こちらはギデオン・クリーヴランド。3ハウスの監督生だよ」

「へえ、こんな時期に編入か。よろしくローズ」

クリーヴランドが爽やかな笑みとともに握手を求めてくるから、レスリーは戸惑った。セオドアが言うような、意地の悪い人物には見えない。

「ローズの家族はアメリカなんだ。ここに来るまで家庭教師から学んでいたらしくて、スクールは初めてだ。弁護士志望らしいから仲良くしてやってくれ」

ジェラルドもまた、淡々とクリーヴランドにレスリーを紹介するものだから、レスリーは、セオドアは自分をからかっているのかと疑いはじめていた。

「なるほど、ヴィンセントが騎士のように守っているお姫様っていうのは君か。エスコートのされ方を学びに来たなら、すでに校内一だと思うよ。僕が教えを請いたいくらいだ」

だから次の瞬間に、よろしくと返した同じ口から、そんな嫌味が吐き出されたとき、レスリーは何を言われているのか、しばらく理解できなかった。

「取り巻きなしではどこにも行けない君が、エスコートの立場を学ぶのもいいかもしれないな。ローズの前に絨毯を引く役がまだ募集中だから、口をきいてやってもかまわないよ。まあ、ローズが君を好むかどうかはわからないが」

ジェラルドもまた平然と言い返すから、ますます取り残されてしまう。

「光栄だな。考えておくよ。確かにローズ君は、歩く先に柔らかいものでも敷いてやらないと転んでしまいそうだ。降臨祭の日にも君は彼の足元に花びらを撒くつもりか？　ヴィンセント。君がこんな愛らしい、オメガみたいにひ弱くて赤ん坊みたいな子に骨抜きになるとはな。あんがい自分に自信がないようだ。父親と喧嘩しているのもそれが理由か？」

慌てて言い返そうとしたとたん、クリーヴランドがオメガを嘲《あざけ》るような比喩を、まるで慣用句のように使ったことに、レスリーはますますショックを受けた。もしかしたら、オメガを愛するアルファは嘲笑《ちょうしょう》の対象なのだろうか。

レスリーは気が強いといっても、ルズベリーで人への思いやりと上品な言葉遣いをきびしく躾られてきたので、平然と吐き出される悪意には免疫がなかった。悪口だって、庭師のベータが独り言のようにつぶやいた『くそったれ』という台詞を、とっておきのときにこっそり呟くのがせいぜいだ。

「父親の繰り人形のように自我の未熟な息子よりもましだ。愚かしい軽口で出会いを潰す男は大成しない。ローズは慧眼だ。君が彼に敬意を持てば、君には見えない、君のつまずく小石すら見つけてくれるだろうに」

青ざめたレスリーのかわりに、ジェラルドが言い返す。

「君がこのお姫様に夢中なのはよくわかったよ」

つまらなそうに息を吐くと、クリーヴランドはくるりと踵《きびす》を返して席についた。同時にチャイムが鳴って、教師が入室する。

教師に挨拶したあとは、二人ともすっかり気分を入れ替えて、涼しい顔で教科書を開いている。

レスリーは、クリーヴランドにひとことも言い返せなかったせいで、気持ちの落とし所を失っていた。予備動作なしに投げつけられた相手の悪意に驚いて黙ってしまうなんて。

「……なんだいあいつ。失礼じゃないか」

自己嫌悪とともに、じわじわと湧き上がる苛立ちに頭が熱くなる。

「親が裁判官だか優秀だか何だか知らないが、なんで初対面の相手にあんなことを言われないといけないんだ。失礼だとは思わないのか、僕に対して」

「レスリー」

隣のヴィンセントが人差し指を口にあてる。そこでようやくレスリーは、自分が考えていることを口に出してしまっていたことに気が付いた。慌てて唇を噛むと、ジェラルドがすばやく耳打ちをする。

「仕返しには協力する」

「……当然だろ」

むっとしたレスリーに、面白そうにジェラルドが微笑みかける。そういえばこの男もお姫様扱いされたレスリーを否定したわけじゃなかったな。

軽く睨んでみても、ジェラルドに堪えた様子はなかった。

「君みたいにまっすぐ腹を立てる人は久しぶりに見たよ」

「なんだい、ジェラルドまでバカにして」

「褒めているんだ。僕らは何かとまわりくどい嫌がらせをするから、応酬が長引く」

「効率的じゃないよね」

「まったく貴族的だ。まあ、グリーヴランドは貴族というより役人ふうだが」

くすくすとセオドアが喉を鳴らす。すっかり他人事で楽しんでいる彼に、レスリーは鼻を鳴らした。

「まあいいさ。ギデオン・クリーヴランド、覚えたぞ。二度と僕にあんな口たたけないようにしてやる」

「勇ましい」

「だからそういうのやめてったら」

けれどクリーヴランドたちの攻撃は、レスリーが想像するよりも早かった。

「君がローズか」

食堂へと続く回廊を三人で歩いていると、見知らぬ生徒が声をかけてきた。

「そうですが、何か」

嫌な予感がした。警戒しつつレスリーが返すと、相手はわざとらしい笑顔を浮かべた。

「優秀な生徒が編入したと聞いたから、挨拶しに来たんだ。ずいぶん小柄なんだね」

表情は親しげなのに、どこか棘《とげ》がある。

これがこの学校の生徒のやり口なのだと、レスリーもそろそろわかってきていた。

「ええ。無駄に骨ばかりを伸ばす主義ではないので。おかげで健康ですし、小回りも利く」

嫌味を言われても、短気を起こして突っかからないこと。

さきほど、セオドアからアドバイスされたばかりのことだ。

落ち着いて対処するのが紳士だ。理性を保ち隙を見せず、相手の弱点を見極めることが、口論で勝つための基本戦略だ。将来法廷に立つときの訓練にもなる。

しかし外見だけでバカにしてくるだなんて。アルファにも幼稚な連中はいるんだな。

キッと睨みつけると、彼らの笑顔に、残酷そうなものが混じった。

「それに華奢《きゃしゃ》だね。僕が鍛えてあげようか？」

「体術は嗜《たしな》んでいます。今すぐにでも君の急所を正確に攻撃できるくらいには」

「はは、勇ましいね。小鳥が威嚇しているみたいだ」

「小鳥は鋭いくちばしで目玉を狙うんですよ。試してみましょうか？」

「君に狙われるのは魅力的だな、君はまるでオメガみたいに可愛らしいから」

揶揄だとわかっていても、その言葉にはどきりとする。さりげなく見まわすと、少し離れたところでジェラルドが心配そうにこちらを見守っていた。むやみに手助けはしないほうがいいという判断のようだった。

確かにここでジェラルドが来ると、さらに囃《はや》し立てられるのは目に見えている。けれど、こんなにアルファに囲まれると、本能的に体が竦んでしまうのだ。

いつのまにかレスリーは壁に追い詰められ、三方をふさがれていた。皆レスリーよりも背が高く、いっけん柔和《にゅうわ》な笑みで、談笑しているかのような雰囲気なのがおそろしい。

「オメガは美しく蠱惑的《こわくてき》だと聞きます。君たちは僕に劣情でも催《もよお》したのですか？」

なんとか涼しい顔で言い返したものの、その中の一人が急に距離を縮めてきたことには、動揺を隠せなかった。

「オメガは羽のように軽いというけれど、ほんとうなのかな」

レスリーがひるんだことを目ざとく見つけた相手の唇が酷薄《こくはく》に歪む。

咄嗟に逃げようと身をよじれば、他の一人が背後にまわりこんできた。その手がレスリーの腕を掴む。ふりほどこうと踏み出したところを前にいた男に抱きとめられ、そのまま軽々と持ち上げられた。

「やめろ！」

思わず声を荒げてもがいても、強い腕はびくともしない。見知らぬアルファは、まるで獲物を見つけた獣のように目を輝かせてレスリーを見ている。

彼らは純粋に遊んでいるのだ。猫が獲物をいたぶるように。こちらが必死で逃げようとする姿を楽しんでいる。その歴然とした力の差にレスリーはぞっとした。うまく呼吸ができない。怖くてたまらない。

「はは、本当に軽い」

けれど彼らの笑顔はそこまでだった。

すぐに拘束がとけて、レスリーの足は再び床についていた。反射的に、目の前の生徒に殴りかかろうとしたレスリーを、白い手が止める。セオドアだった。

「悪ふざけがすぎるんじゃないか？」

いつのまにか、ジェラルドが、レスリーをかばうように傍に来ていた。

レスリーの視界が広い背中でふさがれる。気配だけで、彼が腹を立てているのがわかる。

感情を抑えた低い声がびりびりと空気を張り詰めさせて、周囲のアルファの生徒たちが一変して萎縮《いしゅく》した。

「君ら、３ハウスの生徒だな。クリーヴランドの差し金か？」

「冗談だよ、仲良くしようと思っただけなんだ」

詰問調のジェラルドに、レスリーをからかっていた一人が、へつらうように愛想笑いをする。

「謝罪はローズにしてくれ」

「……ふざけすぎたみたいだ。悪かったなローズ」

「ふざけてた？　たちが悪すぎる。僕はやめろと言ったのに君たちは笑っていた」

「そうだったかな。そんなつもりはなかったんだが、そう見えたなら謝るよ」

「正式に謝罪してください。君は僕を侮辱した」

「軽い冗談だろう？」

レスリーは頭に血がのぼって謝ってきた生徒たちに言い返した。彼らは居心地悪そうに目を背ける。その横顔には、わずかな反省の色もなかった。

「レスリー、そろそろ行こう」

埒が明かないと思ったのか、ジェラルドが声をかける。

「そうだ、ランチに遅れるから、またな」

言うがはやいか彼らはそそくさと去っていった。

「なんなんだ、あいつら本当に頭にくる」

レスリーはすっかり逆上していた。持ち上げられた屈辱と恐怖が全て怒りに変わって、誰彼かまわず噛みつきたい気分だ。

「……君も少し落ち着け。謝ってきた相手をそう責めてはいけない」

ジェラルドが腫れ物を扱う調子でたしなめてきたのにもカチンときて、レスリーは彼を睨みつける。

「謝った？　やつら全然反省していなかった！」

「あんな連中に君がまともに構うことはないんだ」

「君もだぞ、ヴィンセント。暴君みたいに感情をむきだしにして」

セオドアが、呆れた調子で口をはさむと、ジェラルドは苦い顔をした。

「……すまない。かっとしてしまった。レスリーが侮辱されるのは我慢がならない」

「気持ちはわかるけれど、君がそんなふうに構ってしまうと、連中が調子に乗る」

セオドアはそう言うと、レスリーをちらりと見た。

「こんなにもすぐに君が絡まれるってことは、さっきのクリーヴランドの煽りは、牽制《けんせい》ではなく宣戦布告だったわけか。ローズ、君はしばらく一人で歩かないほうがいい。僕とジェラルドからなるべく離れないで」

「いえ、そんなことをしてもらわなくても……」

迷惑をかけたくないが、それしか方法がないと一瞬で悟ったレスリーは、どうしようもない苛立ちをジェラルドにぶつけた。

「あれくらい一人で対処できるのに、余計なことをして！」

「レスリー……」

守った相手にまで責められて、ジェラルドは立つ瀬がなさそうに眉を下げた。その様子に、セオドアが珍しいものを見たとばかりに目を見開いて笑う。

「やっぱり君は気が強いんだね、ローズ。心配いらないよ」

セオドアの一貫して穏やかで優しい口調に、レスリーもようやく怒り散らしている自分が気恥ずかしくなってきた。

「……とにかくああいった悪ふざけはすぐにやめてもらわないとな」

ごまかすように咳払いして、レスリーはそっぽを向いた。

「そうだね、そうしないとヴィンセントがかわいそうだ」

軽く茶化すセオドアに、そうだな、とジェラルドも持ち直した様子だった。

まずは食堂へと急ごうと促され、二人のあとに続きながらレスリーは、いまさらながら自分は狼の群れの中に飛び込んだ羊なのだな、と自覚した。

聖書には、蛇のように賢く、鳩のように素直になれと書いてあるけれど、もともと羊であることを隠しているのなら鳩である必要はない。どこまでも蛇であるべきだ。

噛み付いて毒でしびれさせて、参ったって言っても許してやらない。

「大丈夫だ、あいつらの好きにはさせない」

復讐に燃えて黙り込んだレスリーをどう思ったのか、ジェラルドがはげましてくる。彼はすっかりレスリーのナイト気取りのようだ。

確かに、アルファとオメガの腕力の差は歴然としているから、レスリー一人では太刀打ちできないだろう。しかしジェラルドがあまり過剰な反応をすると、レスリーはオメガではないかと疑われる可能性も出てくるから、両刃の剣でもある。

ジェラルドは、あんがい向こう見ずなようだし、彼だけでは心もとない。けれど、飄々としているようで冷静なセオドアも一緒にいてくれるのなら安心だ。

彼らはきっと、友人である以上に、バランスの良い相棒なのだろう。そう分析して、なんだか自分が仲間はずれになったような気がして、レスリーはむっと眉を寄せた。


けれどその翌日、セオドアは謹慎処分を受けることになった。


早朝に、ジェラルドと誰かが言い合う声がした。なにごとかとレスリーが出ていくと、ジェラルドが階段のほうを睨んで立ち尽くしていた。

「セオドアが連れていかれた。しばらくここには戻れなそうだ」

レスリーがそばに行くと、彼がそんなことを言ったので驚いた。

慌てて階段下を覗き込むと、手すりの間から、ハウスマスターに連れられたセオドアの栗色の巻き毛の後頭部がちらりと見えて、すぐに階下に消えていった。

「一体何があったの？」

「彼が犯人だと決まったわけではないが、事件の容疑がかかっている」

振り返り、問いかけたレスリーに、ジェラルドが、淡々と答える。

「昨夜、３ハウスの下級生が、忍び込んできたモートンに乱暴されたと報告したらしい。証拠はないが、その下級生が怪我をして、モートンが昨夜部屋にいなかったのは事実だ。真相がわかるまで、モートンは実家で監視処分だ」

「セオドアが下級生に乱暴しただって？」

レスリーは驚いて彼の説明をおうむ返しにした。

「ジェラルド、友人の不名誉を認めるの？　モートンがそんな野蛮なことをすると思う？」

「もちろんモートンはそんなことはしない。彼は年上か同学年しか興味がないし、自分の肌が傷つくのが嫌いだから乱暴などしない」

身も蓋もない理由を口にするが、レスリーは彼の動揺を感じ取っていた。

無理もないことだとレスリーは思う。ジェラルドやレスリーだけではなく、おそらく彼を知っている生徒はみな、セオドアの無実を信じるだろうが、根拠のない主張だけではセオドアを解放することはできない。

「それで、あなたは、友人が連れ去られるのを黙って見送っているってわけ？」

「無罪なんだから、すぐに誤解はとける」

自分自身に言い聞かせるように言うジェラルドに、レスリーはかっとした。

「そんな悠長なことを言っている場合？」

パブリックスクールは規律を重んじている。彼が無罪だとしても、騒ぎが長引けば、校内の秩序を乱したという理由で退学になりかねないのだ。

レスリーは彼のシャツを引っ張って部屋に引っ張り込むと、声を潜めて訴えた。

「そもそも、あなたはなんで今日に限って、機転をきかせた嘘で彼を庇わなかったの？」

「暴行事件だぞ。被害者がいるなら偽証はできない。もし僕の嘘でモートンが自由の身になっても、彼の名誉を傷つけることになる。それどころか僕の証言が嘘とばれれば更に不利な状況に追い込まれるだけだ。信じて待つのが最良だと思うが」

「無実でも、勝利できないこともある。味方がいないときだ。もしこれがモートンを陥れようとした誰かの仕組んだ罠だったらどうする？　悪意があれば、証拠の捏造《ねつぞう》くらい簡単だ。何せモートンにはアリバイがない」

「君は僕に、嘘のアリバイを工作しろというのか？」

彼は眉を寄せた。卑怯《ひきょう》なことは矜持が許さないと言いたげだ。

「捏造の必要はないだろう、ジェラルド。セオドアが無実で、あなたが彼を助けたいのなら、手助けしろってことだよ。君の頭の良さは、紙の上の数字でしかないの？」

レスリーは必死で言い募った。ジェラルドの、友を信じて待つという高潔な対応が、レスリーにはただの保身のように感じられたのだ。社会のことわりには興味があるくせに、ジェラルドはあまりにも、自分の周囲に無関心だ。

「僕がどうしてここにいるのか、あなたは忘れちゃったの？　正しいからって勝てるわけじゃない。法曹界にオメガの味方がいないから、泣き寝入りしなければいけない仲間たちのために戦って、助けたいからここにいる。そんな僕が、冤罪のモートンのために、何もしないなんて、できると思う？」

「……思わないな？」

ジェラルドは目から鱗《うろこ》とばかりに、目をぱちくりとした。

「そしてあなたは僕の味方だよね。それに、モートンの友人だ」

「ああ」

レスリーの勢いに押されるように、ジェラルドは頷いた。

「だが僕らに何ができる？　ただの学生だぞ」

「僕らで昨夜のことを独自に調査して、モートンが無実である証明をするんだ」

「なるほど。僕らで探偵ごっこをするわけか」

「……調査をしてモートンが無実だという証拠を探すんだよ」

まるで子供の遊びのような言い方をするものだから、レスリーは渋い顔で訂正した。

さっそく休憩時間とランチと課外活動の合間に聞き取りを行った結果、被害者はキャシアスという名前の下級生だということと、彼はマクスウエルという、レスリーたちと同学年の生徒のファグだということが判明した。

ファギングは、上級生の書斎の掃除や、お茶や食べ物の用意といった雑用を下級生がおこなう制度だ。世話をする下級生はファグと呼ばれ、使用人のように上級生にこき使われるが、対価として上級生に目をかけられ、守られる。そしてファグの経験者は寮監督生に推薦される可能性も高くなる。

「ファギング制度はとっくに禁止されたんじゃないの？」

ティータイムのスコーンにたっぷりクロテッドクリームを塗りながら、レスリーは顔をしかめた。下級生を召使いや奴隷のように扱うファギングを、レスリーは好んでいない。

「表向きはな。ハウスによって方針が違う。僕たちのハウスでは完全廃止されているが、3ハウスでは下級生が希望した場合のみ、ファグになれる。マクスウエルはギデオンの取り巻きの一人だ」

ジェラルドはレスリーをなだめながら、情報を整理したメモを眺めていた。

「しかしあれだけ歩き回って、得られた情報がこれだけとは、僕らは人望がないな」

人ごとのように苦笑するジェラルドを、笑っている場合かとレスリーは睨んだ。

正直に言えば、今回の事件に3ハウスの人物が絡んでいるとわかったとき、レスリーはしめたと拳を握った。おまけにマクスウエルという、ファグを持てる程度に力のある、クリーヴランドの取り巻きの名も上がってきた。セオドアの無実を証明できれば、同時にクリーヴランドの鼻をあかせると思ったのだ。

けれど調査は、思った以上に難航している。レスリーは、ほとんどよそ者扱いで相手にしてもらえないし、監督生といえども変わり者のジェラルドも、今まで挨拶すらろくに返してこなかった態度の悪さが災いして、急に他のハウスの生徒に話しかけても、だいたい警戒されて曖昧《あいまい》に断られて逃げられる。

おまけに質問の内容が、自分のハウスの下級生の暴行事件に関することであり、質問してきているのが加害者側の監督生となれば、口が重くなって当然だ。

キャシアスに関する情報をくれた生徒は、ただセオドアに恩があったから口をきいてくれただけだ。

「マクスウエルの名前は聞いたことがある。確かモートンと同じ演劇部だ。背格好が近いからよく役の取り合いになると。だがモートンのほうが優勢でね」

ジェラルドは紅茶に溶けるミルクを眺めつつ、友人の記憶をたぐり寄せている。

「マクスウエルがライバルのモートンを蹴落とすために今回のことを仕組んだ可能性は？スポーツデイむけの舞台の練習が忙しいって、この前モートンが零していた」

レスリーの推理に、ジェラルドはゆっくりとかぶりをふる。

「校内のイベント程度で、相手の将来に傷がつくような事件を起こすだろうか。モートンは演劇部の活動だけは熱心で、マクスウエルともいいライバル関係を築いていると聞いている。険悪ではなかったはずだ」

「内心はモートンを恨んでいたかもしれないだろう？　役者なら装うことだって上手だ」

「なるほど、その可能性も調べてみるか……しかし僕らでこれ以上のことは難しいな」

レスリーとしては、嫉妬からの犯行はかなり説得力のあるものだったのだが、ジェラルドにはあまり刺さらないようで、気のない返事だった。

「ジェラルド、あなた、何年もこの学校にいるのに、友好関係が狭すぎじゃないか？」

「痛いところをつくな。これでも努力したんだ。君にこれ以上失望されたくはないし」

ティーカップに唇を近づけながら、ジェラルドはため息を零す。

実際、ジェラルドは、今までの無関心な態度を改め、積極的に生徒に話しかけていた。それが大して結果を結ばなかっただけで、努力していたのはレスリーも知っている。

「まあでも、相手の名前は判明したのだから、友達がいなくてもどうにかなる」

気持ちを切り替えるようにジェラルドは明るい調子で言った。

「キャシアスは自ら進んでファグになるような生徒だ。上昇志向が強いはずだ。そういったタイプは友好関係も広い。我々のハウスにも彼の友人がいるだろう。同ハウスの生徒なら我々にも協力的なはずだ。そういえば、下級生に一人、上級生に気に入られたがっている子がいる。類は友をと言うからな、聞いてみよう」

ジェラルドの物言いはどうかと思うが、可能性のあるアプローチだった。

「ところで、その下級生とあなたは仲がいいの？」

「たまに話すくらいだ。君も知っているだろう？　ランチの時にときどき配膳をしてくれる。確か名前はヘイズと言ったか」

「ああ。僕の初日のサパーのときに話しかけてきた子か」

レスリーはなるほどと思う。けれど記憶にある限り、彼に対してジェラルドの対応はドライそのものだった。

「そう、その子だ。勉強もよく聞きに来る、熱心だけれどやや落ち着きがない」

「あの子、ヘイズ、僕にも紹介してくれない？　君の対応じゃ心もとないし」

「レスリーは辛口だな」

「だって今のところ、唯一の突破口だよ！」

レスリーは熱く主張した。チャンスは逃したくない。セオドアの容疑を晴らすのは、ジェラルドではなく、レスリーの手柄にしたいのだ。

もちろんクリーヴランドへの復讐の意味もあるが、友人の名誉を取り戻す成功譚は、勇敢さや矜持を重んじるアルファたちにもてはやされるだろう。

そうすればぽっと出のチビでも皆に受け入れてもらえる、という打算がある。

それどころか、信頼を得て、尊敬されてしまうかも。

そのためにレスリーはジェラルドを利用するつもりだった。彼は垢抜《あかぬ》けないが、貴族の血筋の監督生で、いわば磨かれていない宝石だ。

「もちろん、ヘイズを君にも紹介するよ」

「だったら彼を書斎に呼んでもいい？」

ジェラルドはわかりやすく唇の端を下げた。彼は自分の縄張りに、友人以外の人間が立ち入るのをひどく嫌がる。つまり、セオドアとレスリー以外だ。

「思うんだけど、もしヘイズがキャシアスと仲が良くて、あなたにも懐いているのなら、ファグに憧れているんじゃないかな。上級生の書斎に呼ばれたら喜ぶと思う」

「まあ、ヘイズにはその気配があるが」

ジェラルドはティーカップを揺らしてミルクティーの水面を覗き込み、行儀悪く頬杖をつく。厚みのある前髪が軽くかき上げられると、いつもは隠されている星のようなブルーアイズが垣間見えて、レスリーはその不意打ちに、どきりとした。

「……それから、あなたは少し前髪を上げるといいと思う」

「なぜ？」

「ヘイズに敬意を払うためだよ。礼儀正しく、いつもよりきちんとした格好をする」

頬に面倒、と書かれたかのようなジェラルドに、レスリーは手を伸ばして、その前髪に指を通す。そのまま軽く後ろに流すだけで形のいい耳や首筋があらわになって、その絵画的な美しさに、うっかり見惚れてしまうほどだ。

「前髪を立ち上がらせて、後ろに流し、タイをきちんと結ぶだけだよ……そもそもどうしてそんな色あせたジャケットを着ているんだ」

「先輩に譲ってもらったものだ。生地の触り心地がいいし、縫製もいい」

そう言って、ジェラルドはジャケットの細部をレスリーに示す。確かにディテールが凝った作りだが、完全に色あせている。

「気に入っているならもっと丁寧に扱いなよ。いい服を持っていても台無しだ」

レスリーがかぶりをふると、ジェラルドは不満そうに彼を見た。落ちてきそうなほどの、満天の星空みたいな目だ。

「こんなに綺麗な目をしているのに、もったいない」

「レスリーは僕の目が好きなのか？」

あどけなさを感じるほどに柔らかい声で尋ねられて、レスリーははっとして指を引いた。ジェラルドはいつのまにかにこにこしている。

「君がコーディネイトしてくれるなら受け入れる。どんな格好にでもしてくれ」

「そんなこと言ったら……そのライオンみたいな金髪を、三つ編みにしてしまうよ？」

「もちろん、かまわない」

その、きらきらとした目でまっすぐに見つめられると、レスリーは不思議と胸が詰まったようになって何も考えられなくなる。

「そんなにニヤニヤするなよ、ジェラルド」

「だって僕のパーツで君に気に入ってもらえる部分があるなんて、喜ばしいことだ」

「なにそれ、自意識過剰だよ……」

自分がどれほど見事なアルファかを知らないような微笑みに、レスリーは耳が熱くなるのを感じて、無意識に頬を両手で隠した。


「息苦しいな」

「息苦しくはないはずだよ。サイズはぴったりだ」

一度はあれほど前向きに同意したくせに、いざ身だしなみ、となると抗議の眼差しを送ってくるジェラルドを、レスリーは笑顔でいなした。

さいわいジャケットはいつもの型崩れをおこしているもののほかにも二着ある。監督生用のネクタイやベストもほとんど新品だ。きっと彼は毎朝、クローゼットをあけて最初に手に触れたものを着ているのだろうなあ、とレスリーは遠い目になりつつ、その中からジェラルドの見事な金髪が引き立ち、かつ下品でないものを選んだ。

目の色に合わせてロイヤルブルーが良かったが、クリーヴランドとかぶるのが嫌だったので、春のような淡いグリーンを中心に組み合わせた。きっと薄い色のほうが彼のキラキラしたブルーアイズも鮮やかに映えるだろう。

「そういえば、モートンに調べてもらっていたことがある」

「何を？」

色合わせに夢中になりながら、上の空で返すと、ジェラルドが、うむと重々しく頷いた。

「３ハウスにある主階段の、二階に続く踊り場には幽霊が出るという噂がある」

「まさか、幽霊なんて信じているの？」

呆れたレスリーが顔を上げると、ジェラルドは大真面目だった。

「３ハウスの階段下には物置用らしき小さな部屋があるんだが、現在は封鎖されている。昔、そこが反省部屋として下級生いびりに使われていたとき、閉所恐怖症の子が閉じ込められたショックで発作を起こして亡くなったからだそうだ。扉は分厚く、中で叫ぼうと誰にも気づかれない。照明もない真っ暗な密室で、さぞ怖かったんだろう。亡霊となった今でも顔は恐怖にこわばって、目玉は半分飛び出しているそうだ」

「やめてくれよ」

想像してしまったレスリーはぞっとしてジェラルドの胸を叩いた。ジェラルドはしれっとして眉を軽く跳ね上げただけだ。

「ところで、この５ハウスにも階段脇に扉があるんだが、それは地下室に続いている。３ハウスと５ハウスは一世紀ほど前の同時期に建設された、ほぼ双子の建物だが、どうも、その階段まわりの構造には違いがあるらしい。今までのモートンの調査で、３ハウスには秘密の抜け道がある可能性が出てきた。おそらく幽霊というのはその抜け道を通って侵入してきた誰かを目撃した者の話に、尾ひれがついたんだろう」

「なんだ、あなただって幽霊なんて信じていないじゃないか」

「信じているさ。嘘でも強く思い込めば自己催眠に陥り、記憶が嘘のほうを本当だと塗り替えることもある。だから幽霊を信じている人の世界には幽霊が存在している」

「そういうの、屁理屈って言うんだよ」

足を広げてレスリーの目線に合うように背を低くしたジェラルドの前に立ち、レスリーは彼のネクタイをきっちり締めて、髪に軽くワックスをつける。ジェラルドの金髪は、心もとないほど柔らかく、絹のようにしなやかで、官能的な手触りだった。

なるべく事務的に手を動かしつつも、レスリーは思いがけず、最後にこの髪をかきまわしたときの記憶を蘇らせてしまい、心中穏やかではなかった。

今は二人とも、強い抑制剤を処方しているせいで、これだけ近づいても平気なのが不思議なほどに。心も体も、あのときの強い情熱を覚えている。

「なんだいこのジャケット」

ジェラルドの不満そうな声で、レスリーは物思いからはっと我に返った。

「なんだ……って、あなたのクローゼットにあったものだ。あなたの名前の縫い取りもある」

「ああ……そういえば、監督生になったお祝いにと、モートンが僕の古いジャケットを知り合いに頼んで仕立て直したことがあったな。なんでもテイラーの息子で、小遣い稼ぎとかで、僕は無理やり協力させられたようなものだが……そういえば仕上がっていたのか」

ぼんやり思い出している様子に呆れてしまった。

「あなた、本当に身なりに興味がないんだね。こんなに綺麗に仕立てられているのに」

元からフルオーダーで作られているらしいジャケットは、よくよく見れば、トラディショナルな堅苦しいショルダーラインをイタリアふうの柔らかいシルエットに変えてあったり、ウエスト位置を若干下げて襟のVゾーンを深く調整した形跡がある。いっけん新品に見えるほど綺麗な状態だが、纏《まと》わせてみれば着慣れした布地の柔らかさが美しいドレープを描いてジェラルドの体格の良さを際立たせ、どきりとするほどセクシーだった。

「ああそうだ思い出した……これは僕には華やかすぎるから着ていない」

ジェラルドはジャケットの裏地に絹の花柄を認めると、憂鬱《ゆううつ》そうにため息をついた。

「すごく似合っているのに、何が嫌なんだよ」

自分の姿を鏡で見ようともしないジェラルドに、レスリーは軽く口を尖らせる。

ボタンホールの糸の変更、袖口の切り返しや、裏地など、見えない部分にこだわりがあり、若々しさとエレガンスのバランスが素晴らしいというのに。

「こういった、いかにもセンスがいい装いは苦手だ。詐欺師みたいで」

「あなたが詐欺師でないことはこの学校の皆が知っている」

　レスリーは、捻くれたことをぐちぐちつぶやくジェラルドの抗議を流しつつ、彼のまわりをちょこちょこと回って身支度を整えていった。

「はりぼての立派さで騙しているような気分だ」

「あのねえ、ジェラルド。身だしなみはマナーだよ。マナーっていうのは敬意の表れだ。お金がなくて服が買えないのなら仕方がないけれど、あなたはもっと、立派な格好をして、相手に敬意を払うべきだよ。そうすれば沢山の人から好かれる」

「残念だがレスリー、僕は他人からの評価に興味がない。人に好かれたいとも……」

「これは作戦だ。あなたにもポリシーがあるんだろうけど、今は我慢してくれない？」

　不服そうな彼に、レスリーは伸び上がってその唇にキスをした。

　不意打ちに、ジェラルドは目をぱちくりとさせた。うぶな仕草だ。

　ルズベリー校では、つがいには、発情期でなくとも朝と夜に必ずキスをするようにと教えられていた。それにどんな意味があるのかレスリーには理解できなかったので、今まで無視していたが、確かに肉体的接触はつがいの意識をこちらに向けるのに効果的だ。

　それに、自分からキスをするのは、されるのを待つよりも気分が良い。

　レスリーは彼が黙ったのに気を良くして早口でまくしたてた。

「あなたには、僕という立派なつがいがいるのに、だらしなくては釣り合いがとれない。このままじゃ僕まで笑いものだ。僕は誰かに馬鹿にされるのが大嫌いなんだ」

「そこを突かれると返す言葉もないな」

辛辣な物言いにジェラルドは苦笑し、ふと思いあたったように動きを止めた。

どうしたのかと見上げると、ふいに視界が暗くなって、唇に柔らかいものが触れた。

「……すまない、顔が近かったから」

全然理由になっていないことを言って、ジェラルドが目元を赤くする。

つられて顔を赤らめながらもむっとして、急にキスなんかするなよ、とレスリーは抗議した。そりゃあ、先に仕掛けたのは自分だけれど。

「すまない」

「いや、別に、急じゃないならいいよ……僕らつがいなんだし。発情期じゃなくてもコミュニケーションは必要だって、授業で習った」

「授業で習った……か……」

「なに？　オメガの学校ではそういう講義もあるんだよ。必須科目で」

なんだか悲しそうに眉を下げて、物言いたげなジェラルドの様子に、レスリーはバカにされたのかと思って噛み付く。

「すまない、馬鹿にしたわけではない。コミュニケーションは大事なことだ。僕は今まで誰かとろくに付き合ったこともないから、君に教えてもらってばかりだ。助かっているよ」

「ろくに、ってことは、一応は付き合ったことはあるの？」

「ひどいな。そこまで人気がないわけじゃないよ」

レスリーの台詞を仕返しだと思ったのか、ジェラルドが苦笑する。レスリーの胸が、嫌な感じに、どくりと鳴った。

「なんだよ、それは誰なんだ？　僕の知っている人？」

急に絡んでくるレスリーに、ジェラルドは慌てたようだった。

「なんでそんなこと聞きたいんだよ。とにかく今は関係ないだろ……まずは支度を終えて、ヘイズを驚かすんだろう？」

「別に聞きたいわけじゃないんだけど、関係なくはないだろ」

はぐらかされた気がして、レスリーは眉を寄せた。その顔を見たジェラルドがふたたび顔を近づけてきたけれど、今度はぷいと顔をそむけてやった。

「ええ、キャシアスは僕の友人です。ハウスは違いますが話が合いますし、選択教科がかぶっているので……ただ、特別親しいというわけではないですから、彼の生活全ては知りません」

予想した通り、書斎に呼ばれたヘイズは喉元まで真っ赤になって、目を潤ませながら、なんでも質問に答えてくれた。

「キャシアスってどんな子？」

「優秀だと思います。ラテン語の成績が僕らの学年で一番で、聖歌隊にも入っています」

「性格は？」

「勤勉で、勇敢です。時間もきちんと守りますし、校則違反もしないでしょう」

質問しているのはレスリーなのに、ヘイズはジェラルドの方をずっと見ている。

その態度は気に食わないが、仕方ないのかな、とレスリーは思う。

前髪を整えて、タイをきちんと結び、新しいジャケットを羽織らせただけで、ジェラルドは見違えるほど端正な紳士に変身した。

オイルで艶を出した金髪はランプの光に鈍く輝き、陰る青い目は、不本意そうな表情すら、友人を疑われた苦難を憂《うれ》う姿へと都合よく変換させてくれる。

「ヘイズ」

「はい」

ゆったりとした調子で、ジェラルドが名を呼ぶと、ヘイズは関節が外れそうなくらいに背筋を伸ばした。

「僕は、真実を知りたい。キャシアスがどんな子なのか、君の本音を教えてくれ」

「……キャシアスは、ほんとうに、博識ですし、清潔で」

もごもごとヘイズは答えるが、明らかにそれが本音ではないことが見てとれる。

ジェラルドは、彼を促すように、柔らかく、けれど容赦なく追い込んでゆく。

「もちろん、君が何をどう答えたかは、決して口外しない。人は行いによって立派な人物になるものだ。君が本心に何を飼っていようとも、表面に現れない限り、それは人格ではない。さて、君の評価に必要なのは、駆け引きと取捨選択だ。君が正直で、僕らの味方だというなら、僕に本音を見せてくれ」

ジェラルドは詐欺師の宣教師みたいな物言いで、ヘイズに微笑みかけた。ヘイズは彼の相貌に、ぽうっと見とれて、操られるように口を開いた。

「……キャシアスには野心が強すぎるところがあります。天使のような顔立ちなので皆は騙されますが、人を蹴落としてでものし上がろうとする強さがあります」

「マクスウエルのファグをしていると聞いたのだけれど、彼との関係はどう？」

横からレスリーが問いかけると、彼は困った顔でジェラルドを見やったあと、しぶしぶ口を開いた。態度の差が酷い。

「キャシアスはマクスウエル先輩を敬愛しています。先輩も、キャシアスを猫かわいがりしているようで、よく焼き菓子などを与えています。僕らにも分け前をくれるから、キャシアスと仲良くしたがるやつは多いです」

眼の前に出された紅茶とクッキーをちらりと見て、ヘイズは気まずそうにもじもじした。

「キャシアスは嘘つきだと思うか？」

「それは……」

ジェラルドの質問に、ヘイズは言葉を濁した。騎士道には反するが、本当は続きを聞いて欲しい、といった雰囲気だったので、レスリーは質問を変えてみた。

「わかっているよ。君は、キャシアスが嘘をついたところを見たことがあるんだろう？」

「……！　ええ、数ヶ月前ですが、一度だけ」

何故それを知っているのかとばかりに目を見開いてヘイズは答えた。

「喧嘩していた相手の悪口を、彼が黒板に書いたんです。憂さ晴らしだったのでしょう。ひどく悪意があって下品な、根も葉もない言いがかりみたいなものでした。ですが消す前に先生に見つかってしまった。怒った先生の前でキャシアスは、喧嘩の最中に、相手の肩を持った生徒の名前を出し、彼が書いたと嘘をつきました」

勢いよくそう白状したあと、ヘイズははっとした調子で口をつぐんだ。この学校では告げ口は紳士的ではないとされて軽蔑されるからだ。

「いや、教えてくれてありがとう。僕を信用してくれた君は勇敢だ。僕らは告げ口などしないから心配しないで。君の証言がセオドアの無実の証明への足がかりになる」

レスリーはにこやかに彼をフォローしながら、遠回しに、他言無用だと釘を刺した。

「ところで僕らを、キャシアスに紹介してもらってもいいかな？」

かわいそうにヘイズは、クッキーを一口も食べることがかなわなかった。

ヘイズから情報を絞りとったあと、レスリーとジェラルドはヘイズを連れて3ハウスに乗り込んだ。

他のハウスの生徒に縄張りへ踏み込まれて、不快さを顕にした3ハウスの生徒も、ジェラルドの整えられた身なりへの驚きが勝る様子で、周囲は面白いほどにざわめいた。

「今日はずいぶんきちっとしているね。何かあったのかい？」

「いや、ローズにだらしないと怒られてしまったんだ」

ジェラルドが、いつになく柔らかい笑顔でそう答えると、だいたいの生徒が頬を染めて、それはいい友達が来てくれてよかったと、うわのそらで返事をする。

そのたびに、レスリーは含み笑いをして目を細めた。人に好かれる技術は、アルファよりもオメガのほうが巧みだ。

オメガであることも、視点を変えれば武器になる。アルファはプライドが高く、取り澄ますことは得意だが、傲慢だ。そこを少しばかり柔らかく、露骨すぎない程度の親しみを加えるだけで印象はずいぶん変わる。

今やジェラルドは死角のないほど強烈な貴公子だ。

「この服は、ローズがクローゼットから見つけだしてくれたんだよ。仕立て直しをしてもらったのを忘れてしまっていた」

それでもジェラルドは、レスリーが指示した通り、会話の端々に、レスリーの名を出して褒めてくれる。

そのたびにレスリーに流れてくる視線も、好意的なものが増えてきた。

おまけに、自分のつがいが皆にちやほやされて、レスリーはすっかりいい気分だ。

ジェラルドも最初こそ不本意そうだったものの、こまめにレスリーが、今の笑顔素敵だとか、僕も誇らしいと褒めるので、まんざらでもなくなったらしい。

贔屓目《ひいきめ》かもしれないが、今のジェラルドはどのアルファよりもアルファらしいとレスリーは思う。

「ところで、クリーヴランドは戻っているかな。スポーツデーのスケジュールについて相談がしたい。セオドア・モートンの件だ。できればマクスウエルにも同行してほしい」

「ああ……確かもう戻っていたはずだよ」

セオドアの名前に一瞬、目を泳がせたものの、ジェラルドに話しかけられた生徒は素直に上階への案内を買って出た。そのタイミングでレスリーが口を開く。

「僕は、ヘイズの友人に会いに行きたいんだけれど、構わないかな。明日の課題の渡し忘れをしたみたいだから」

「ああ、もちろん」

レスリーは、ありがとう、と微笑むと、すぐさまヘイズを引っ張るようにして一階の下級生のフロアに向かった。彼らは通常四人部屋を使っているが、キャシアスは先日の事件のこともあり、現在個室を使っているとのことだった。

「確かにモートンさんです。はっきり姿を見ました。真夜中でしたが月が明るかったですし、あのお顔立ちや声を、そうそう誰かと間違うなんてことはないでしょう」

キャシアスはレスリーたちの来訪に驚きつつも、質問には明確に答えた。彼はレスリーよりも小柄で、四肢の端々に子供の柔らかさを残す少年だが、その口調は生意気と表現して差し支えないほどはきはきとして、いかにも気が強そうだった。

「彼は君に、どんなことをしたんだ?」

レスリーはなるべくキャシアスの神経に障らないように言葉を選んだつもりだが、彼は神経質そうに、きっと目つきを険しくした。

「モートンさんは、僕を階段から突き落としたんです。このハウスに忍び込んだところを僕に見つかって、驚いたのでしょう。そして僕は足をくじきました」

そう言って彼は足首の湿布を見せた。ほかにも階段で打ったあざが全身にあるという。

「階段って、幽霊が出るって噂の階段のこと?」

「幽霊が出る?」

なにげなさを装ったレスリーの質問に、キャシアスは、あからさまにぎくりとした。

「ええ……そういった噂はありますが、まさか幽霊が僕を突き落としたとでも?」

「まさか、そんなことはないだろう?」

　レスリーは面白い冗談を聞いたように軽く笑ったあと、キャシアスをじっと見据えた。

「ただの確認だけど、何かを幽霊だと見違えて、自分で勝手につまづいて、階段から落ちても、足はくじくよね？」

「僕が嘘をついているというんですか？」

　キャシアスは真っ赤になった。

「間違いなく、僕は、モートンさんに突き落とされたんです。その後彼は僕を医療室まで運んだ。リプトン先生にも聞いてください。きっと同じ証言をしてくれるはずです」

「してくれる、だなんて」

「僕は被害者ですよ」

「だから、ただの確認だよ。あと、もうひとつだけ」

「もういいでしょう？」

「君の部屋は一階だ。なのにあんな真夜中に、上階へ、一体何の用があったの？」

「それは……物音を聞いて」

　急にキャシアスの勢いが弱くなる。

「君がいた部屋からそれは聞こえた？　それで君だけが目をさましたとでも？」

　ぎくりと肩をこわばらせて目を逸らし、キャシアスは顔を青くした。

「確かにモートンさんのせいなんです。僕は被害者です」

その後は、何を話しかけても、それしか言わなくなった。

レスリーは埒のあかないキャシアスをヘイズにまかせて、3ハウスの主階段のほうを調べることにした。

階段下に扉は確かに存在していた。しっかり閉ざされているが、鎖で封鎖されているわけでも、セメントで塗り固められているわけでもない。ただの扉だ。

しかし消灯前の、薄暗く、人けのなくなってきた古い建物のなかで、幽霊が出るという噂の場所に一人でいるのは、何となく落ち着かなくて、何度も周囲を見回してしまう。

おどおどしつつもレスリーは階段周辺も入念に調べた。事件から二四時間も経過していない。早朝の掃除はされたにしても、何かのヒントが落ちているかもしれないからだ。

餌を求める蛇のように、隅の隅まで覗き込みながら、一段、一段上がっていると、ふいに踊り場で影が動いた。レスリーは冷や汗をかきながら身を竦ませた。

「誰……」

「ん？　落とし物でもしたのか？」

頭上から、緊張感のない声がして、レスリーはほっと息を吐く。そこにいたのはジェラルドだった。それから隣にもうひとり、真っ黒な髪と目をした青年がいる。

背丈はセオドアより少し低いくらいだろうか。日に焼けた肌と、濡れたような黒い目、しなやかな四肢は、この場にふさわしくないほどに健康的で、まるで街にまぎれこんだ若い鹿みたいだった。彼はスポーツ奨学生のしるしの、赤いリボンタイをしていた。

「見かけない顔だね。どうかした？」

彼は微笑みを浮かべて、するりと容易く近づいてくる。仕草の一つ一つが瑞々しくて、目を惹きつけられる。彼はどこか、決定的に他のアルファと違っていた。威圧感がないというか、人を油断させて、かるがると懐に入ってくるような人懐っこさがある。

「僕は5ハウスのレスリー・ローズです。ヴィンセントと一緒でこちらに用があって」

そのパーソナルスペースの近さに戸惑いつつも自己紹介すると、彼は黒目がちの目をしばたかせた。

「なるほど、君がレスリーか」

彼はジェラルドを振り返ってにやりとした。ジェラルドのほうは何やら複雑な表情だ。知り合いなのだろうか。レスリーが首を傾げると、彼はにこりとして、こちらにおいでと手招きをした。

断る理由もないので、言う通りに階段を登ると、彼は踊り場の端で膝をついた。

「何をしているんですか？」

「ここにちょっとしたものが引っかかっているんだ」

彼らは踊り場の壁を装飾している鏡板の隙間から、細い布地を引き出そうとしていた。

「誰かがこの鏡板を剥がしたさいにジャケットを挟んでしまったようだ。かなりの分量だな。引っかかったときに何か、不測の事態があって、無理やり引きちぎった感じ。繊維が伸び切っている。もったいないな。いい生地なのに」

「これが秘密の抜け穴？」

思わず口を滑らせてしまい、レスリーは密かに慌てたが、二人は頓着《とんちゃく》した様子もなく、布地を取り出す作業に集中している。

「ああ、悪い。僕は、サイモン・クロフォード。君と同学年のラグビー選手だよ」

ああ、取れたと、サイモンが引き出したのは、何の変哲もない柄物の布地に見えた。

けれど彼はその布地を慎重に見分しながらすらすらと言葉を舌に載せた。

「ジャケットの裏地だ。学校指定の制服をカスタムしたやつ。ハンプトン百貨店が昨年秋に出した限定柄だから最近リメイクしたばかり。持ち主はこのハウスの上級生」

「どうしてそれがわかるの？」

いかにもスポーツマンといった印象の青年によるなめらかな推理を、レスリーは意外に思ったが、サイモンはレスリーの反応を楽しんでいるようだった。

「このハウスには仕立て屋の息子がいるんだ。腕が良くてジャケットのカスタマイズで小遣い稼ぎをしている」

「そういえばジェラルドのジャケットも校内の生徒にリメイクしてもらったものだって」

「そう、それも僕がしたもの」

言ってしまってから、あ、という顔をして、サイモンは悪戯っぽく笑った。

「なるほど君が仕立て屋の息子……」

ふとレスリーは何か引っかかるものを感じて、じっとサイモンを見上げた。彼もまた、鹿のような目でレスリーを見ている。

「……どうしてこんな時間に、君はこの踊り場を調べていたんだ？　ジェラルドに何か頼まれたの？　ここはキャシアスがモートンにつきとばされて落ちた場所だ」

「それは違うな、モートンは犯人じゃないから」

サイモンは穏やかに、けれどきっぱりと言った。それでレスリーは、彼がセオドアとどんな関係だったのか、なんとなく悟った。

「僕、疑問があったんだ。昨夜、モートンは恋人に会いに行ったはずなのに、モートンに容疑がかかったとき、彼の恋人が声を上げなかったのはなぜなのか」

その質問に、サイモンは軽く口角を上げて声をひそめた。

「セオドアの恋人は、彼を迎えには行くけれど、見送りはしない。セオドアは、自分が愛した後の恋人の顔を誰にも見せたがらないから。だから逢瀬から帰る彼に何が起こったのか、恋人は知らない」

「愛された顔って？　なにか違うものなのですか」

釈然としなくて、レスリーが首を傾げると、サイモンは目を丸くして、そのあと喉の奥でくすくすと笑う。

「なんですか」

むっとすると、ふいに彼が、レスリーの耳元に唇を寄せた。

「体から火照りが消えずに目も潤んでしまう。声も掠れてうまく出ない。肌に跡はつけられないけれど、歩き方も、ちょっとぎこちないかな。僕が受け入れるほうだから。匂いも少し変わるんだ。つまりセックスの後の」

あまりにも生々しい表現に、レスリーは思わず赤面した。アルファの恋人同士というのは、性行為までするのか。

「こんな人が近くにいる部屋で……発情期でもないのに？　そんな破廉恥《はれんち》なことを？」

レスリーは真っ赤になって彼を見上げた。

「何を言っているんだ。発情期があるのはオメガだけだよ」

「クロフォード、あまり悪ふざけはしないでくれ」

面白そうにサイモンが返し、いままで静観していたジェラルドが苦々しく割って入ってきた。レスリーは自分の失言に、益々動揺して血の気が引いた。

「そう……ですよね、アルファ同士じゃ発情期なんて関係ないのか」

「まあ、僕はベータだけれど」

「えっ」

サイモンは意外なことをあっけらかんと告白した。

「あ、気にしないでいいよ、運動能力ならアルファには負けない。仕立ての腕もそうさ」

そう言ったあとは、ふいにその話題に興味を失った様子で、手に持った布切れに視線を戻し、ぽつりと呟いた。

「これはマクスウエルのものだ。どうしても人気の限定柄がいいっていうから、取り寄せるの大変だったんだ」

その横顔には痛みのようなものが滲んでいた。明るく振る舞っていても、サイモンは恋人の苦しい状況に、決して平気なわけではないのだろう。

「マクスウエルが、自分のファグのキャシアスをそそのかして、何かをさせた、ということは考えられますか？　つまり、モートンを、困らせるようなことです」

レスリーは彼を傷つけないように、できるかぎりの思いやりをこめて問いかけた。

「マクスウエルは臆病だが、下衆ではないと僕は思う。彼はクリーヴランドの取り巻きだけど、モートンとは同じ演劇部だから、仲は悪くなかった。それに、マクスウエルはキャシアスを持て余しているところがあると噂に聞いているよ」

「キャシアスはマクスウエルに片思いをしているとか？」

「それはわからない。噂だから」

サイモンは急に動揺に追いつかれたように早口になった。

「僕がセオドアに甘えすぎたのが悪かったんだ。セオドアはいつも、何も心配いらないと言うし、僕はそれを疑いすらしなかった。あの夜だって一人で平気だというから」

「クロフォード。君は何も悪くないだろう。何も知らないんだから」

「知らない、ということが一番つらい」

サイモンは言葉を詰まらせ、体のうちの嵐を収めるようにしばらく動かなかった。

「……悪かった、取り乱してしまった」

やがて立ち直ると、彼は一瞬の激情などなかったように、微笑んだ。

その後もサイモンはレスリーたちを出口まで見送りながら、明るい調子を崩さなかった。

人懐っこく見えるが、やすやすとは自分の弱みを見せようとはしない、サイモンの誇りの高さに、レスリーは共感した。ベータだという彼も、アルファだらけの環境で過ごすのは容易ではないだろうから、なおさらだった。

「ヴィンセント、そのジャケットすごく似合っている。あの酷い、雨に打たれた新聞紙みたいなジャケットをいつまで着るつもりなのかと思っていたんだ。見違えたな」

サイモンは、あっけらかんと失礼なことを言いながら、ひっきりなしに洋服についてのうんちくを垂れている。

「そのジャケットは大事にな。一日着れば少なくとも二日は休ませてくれよ。ブラシもちゃんとかけて型崩れしないようにクローゼットにかけておくように」

別れ際にだけ、サイモンは真顔に戻って声を潜め、このハウスの秘密を教えてくれた。

「３ハウスには、監督生が鍵を受け継いでいる秘密の通路がある。外の街まで繋がっているから、その気になれば夜遊びも仕放題だ。けれどその通路を使うところは誰にも見られてはならない……まあ暗黙の了解だが、下級生のほとんどは、その存在を知らない」

「マクスウエルがその通路から出るところを、キャシアスに見られた可能性はある？」

「そうだね、確証はないけれど」

三人は顔を見合わせた。証拠は不十分だが有力な説に思えた。

「その線で調べてみよう」

彼らは簡単に計画を共有して、エントランスで別れた。

出口の横ではヘイズがレスリーたちを待っていた。ヘイズの、キャシアスに関する報告を耳にしながら帰路につくあいだ、レスリーは頭の隅でサイモンのことを考えていた。

鍛えているとはいえ、アルファのジェラルドと比べるとサイモンの骨格は華奢だった。それでアルファのなかでも特に屈強なラグビー選手に混じってプレイしているだなんて、正気を疑うが、スポーツ奨学生だというのだから、相当の身体能力があるはずだ。

彼がセオドアと……などと、うっかり想像して、レスリーはひっそり赤面した。

発情期の性行為なら、みっともないとは思うが本能だから仕方がないと諦めがつく。

けれど、発情期でもないのに愛し合うというのは、なんだかとても恥ずかしくてはしたないことのように感じてしまって、どうにも気持ちが落ち着かなかった。


「さあ、推理の時間だ」

部屋に戻ったのは消灯時間寸前だというのに、ジェラルドのやる気は衰えていないらしい。冴え冴えとした目をして、レスリーの狭い部屋を歩き回っている。

「昨夜、マクスウエルは秘密の通路を使った。通路の出口は主階段の踊り場。事件の現場だ。マクスウエルのファグが今回の被害者、キャシアスだ」

レスリーは眠気を熱い紅茶でごまかしながら、自分の調べたこともまとめた。

「キャシアスの怪我は足首の捻挫《ねんざ》と数カ所の打撲《だぼく》。警察沙汰にはなっていないみたい。キャシアスはモートンに突き落とされたと主張しているけれど、僕が質問した限りでは不自然で、嘘をついているか、何かを黙っている感触だよ」

「階段から落ちたキャシアスを、モートンが医務室まで連れてきたという証言は、リプトン先生からも伺った。ただし、先生はお年で、モートンの背格好しか覚えていらっしゃらない。そしてキャシアスが、モートンに突き落とされたと明言したのは、モートンが医務室を去ってからのことだ」

「モートンがキャシアスと接触したのは多分確定かな。モートンはクロフォードの部屋で過ごした帰りにキャシアスに会ったんだと思う。けれど、なぜ主階段の踊り場なんて日立つ場所から帰ろうとしたのかな」

「秘密の通路を調べに行ったんだろう。僕が詳細をせっついたから」

ジェラルドが悔やむように唇を噛んだ。レスリーは彼を気遣って、腕にそっと触れる。

「きっとあなただけじゃなくて、モートンも通路のことが知りたかったんだと思うよ。そういうの、好きそうだし……モートンとマクスウエルが出会った可能性はあるかな？」

「低いと思う。マクスウエルは、昨夜から風邪ぎみだと言って部屋に籠もっていたようで、モートンの件を知らなかった。キャシアスを階段から突き落としたらしいと教えると、ひどく驚いていた。モートンとは会っていなさそうだが、何かを隠している印象だ」

「キャシアスはマクスウエルに気があって、マクスウエルはそれを持て余しているっていう噂をクロフォードから聞いたよね。さっきヘイズは、キャシアスから、自分とマクスウエルはこっそり付き合っていると聞いたそうだ。でもたぶん嘘だと思うってヘイズは言ってた。キャシアスはそういう嘘をよくつくんだって」

ふっ、と小さくあくびを噛み殺して、レスリーは目を擦った。

「キャシアスが何らかの理由で、モートンを陥れようとしている、と考えるのが一番自然な気がするね……今のところ」

「すまない付き合わせて。眠いか」

「うん、ごめん」

レスリーがゆっくりと目をしばたかせると、ジェラルドがソファの隣に腰掛けてきた。眠いせいか、レスリーはその温かい気配に、少しだけ、甘えたい気分になって、そっとよりかかる。ジェラルドがレスリーの肩を抱いて、支えてくれる。

「ちょっとだけ、推理とは関係のないことを話してもいい？」

「もちろん、構わないさ」

ジェラルドの優しい声に促されて、レスリーは口を開いた。

「クロフォードは、モートンといるとき、どんな気持ちだったんだろう。彼らは発情期でもないのに愛し合うんだって。愛し合うって……つまり、僕らが発情期にしたようなこと、みたいなんだけど。その」

口に出すのは恥ずかしくて、レスリーはじわじわと頬が熱くなるのを感じたが、途中で話を切るわけにもいかず、もぞもぞと続けた。

「僕は島にいたころ、そういった行為について、毎日のように学ばされていたはずなんだけれど、クロフォードからその話を聞いたときなんていうかすごく……恥ずかしかった。なんでなんだろう」

「まあ……恋人同士だから、そういう雰囲気になると、そういうことをするだろう」

あまりにも予想とはかけ離れた話題だったのか、ジェラルドもまた、どうフォローしていいのかわからないといったふうに目を泳がせつつ、控えめな口調で言った。

「発情期の繁殖のためではなく、気持ちを確かめ合うための行為もある。そして、気持ちを伝える行為は、なぜだか、羞恥心を連れてくる。まるでその人の前に、内臓も、にきびや汚い部分も全部、むきだしの丸裸にさらけ出している気分にさせられるんだ」

「ふうん。ジェラルドはそういう気分に詳しそうだね？」

なんとなくむっとして問いかけると、ジェラルドは誤魔化すように笑った。

「誤解だ。小説から得た情報さ」

「ふうん」

疑惑に目を据わらせつつも、真相は確認しようもないので、レスリーは質問を続けた。

「僕らと、モートンたちの関係は、似ているようで全然違うと思ったんだ。秘密の関係だし、性が違う相手と付き合って、体の関係もあるところは一緒だけど全然違う」

「羨ましい？」

「まさか！」

反射的に顔を上げて、勢いよく言い返したけれど、レスリーはそれ以上何の反論も思いつかなくて、陸に打ち上げられた魚みたいに口をはくはくとさせた。そんなレスリーを、ジェラルドが静かに見ている。その青い目に、何もかも見透かされているようで、レスリーは喘ぐように口を開いた。

「……僕らがつがいで、モートンたちは恋人同士だから、違うってだけ」

辛うじて言い返せたのはそれだけだ。

「つがいには気持ちのつながりはないと思っている？」

そんなレスリーを、ジェラルドは、穏やかに、追い詰めるように問いかけてきた。

「ないわけではないと思うけど……」

レスリーが口ごもると、ジェラルドは淡々と話しかけてきた。

「僕はあると思っているよ。つがいの関係は、体があまりにも強く求め合うから、感情は置き去りにされることもあるだろう。でも体と心は繋がっている。全く気持ちもないのに求め合うことはないと信じている。げんに僕は君を誇りに思っているし、大事にしたい。かわいいと思うし、君がつがいで良かったと、毎日出会いに感謝している。今日だって、僕は君がいなければモートンのことで立ち直れなかったかもしれない」

そう言って、ジェラルドはレスリーの髪を撫でた。

「だからって、君にまでそれを強制するつもりはない」

「……僕だって、あなたがつがいで良かったよ」

深く青い目から逃げながら、レスリーは返した。ひどく卑怯なことをしている気分になったのは、やはり自分に、ジェラルドへの気持ちがないからだろうか。

「まあ……脱線はそこまでだ。もう少し仮説を補強しておこう」

それ以上答えないレスリーの、気まずさを取り去るように、ジェラルドは立ち上がり、明るい口調で軽く両手を広げてみせた。

離れていった体温に、レスリーは心細くなった。


三日ほどジェラルドが紳士的なポーズを保っただけで、彼の噂は学校中に広がったようだ。今まで、無愛想でだらしがなく無気力で、年老いた大型犬よりも話が通じるだけマシ、程度にジェラルドを見ていた生徒たちも、あからさまに態度を変えて彼に媚《こ》びてくる。

態度が変わらないのは、クリーヴランドくらいのものだった。彼の取り巻きすら、最近はジェラルドに対し丁重だ。

ジェラルド自身も見られることを意識しはじめたのか、レスリーが注意しなくても身だしなみに気をつけるようになった。もともと育ちのいい人間だし、清潔というのは自分自身が心地よくあるためのものだ。

こころなしか肌の色つやも良くなり、世話をするレスリーも満足だった。

そしてレスリー自身もまた、できるだけ名を知られるようにと努力を始めた。

ジェラルドのそばにいることで、レスリーにも注目が集まるぶん、レスリーにだけ冷たい態度をとる生徒や、陰口を叩く生徒も増えた。

ジェラルドのペットみたいにくっついている、オメガみたいなチビ。

悪口は要約すればどれもそのあたりだ。

レスリーはそれに対して、挑発的な言動で、わざと煽るようになってきた。

レスリーは、自分の頭脳がアルファに劣らないという自信があった。特に文学や語学は得意だ。声は高いが、滑舌も良い。口喧嘩なら負ける気はしなかった。

「体が大きい愚鈍《ぐどん》さを鼻にかけるの？　頭の回転も鈍いんだね」

「それ、僕に言ったの？　声が小さいな。ちゃんとした挨拶もできないのか？」

「ジェラルドに見向きもされないのを嫉妬しているの？　君のほうがオメガみたいだ」

言い返せば、だいたいの生徒は気まずげに口ごもり、それ以上言い返してこなかった。それどころか、その物言いが気に入ったと友好的になるものもいる。

負けん気の強い態度は、ルズベリー校では敬遠されたが、ここでは自分の立ち位置を明らかにすることで味方が増える。それに伴い、情報も集まりやすくなった。

レスリーはすでに、セオドアが無実であると確信していた。あとはその裏をとるだけだ。


「マクスウエル」

レスリーが、廊下の先をゆく人物を呼び止めると、彼はどこか、おどおどとした様子で振り返った。ジェラルドと一緒にいるチビとして顔は知っているものの、直に会話したことはない。そんな相手が、急に声をかけてきたのだから警戒して当然だ。

わかっていて、レスリーは知らないふりをした。

マクスウエルの砂色のくせ毛や、すらりとした四肢は、セオドアを彷彿《ほうふつ》とさせるが、彼よりも地味で、おとなしい印象だった。

それに彼はあの事件以来、表情も暗く、やつれたように見える。

「スポーツデーの演劇、モートンの代役、断ったって聞いたけれど、どうして？」

「後釜《あとがま》っていうのは好きじゃなくてね」

レスリーの遠慮のない質問に、マクスウエルは居心地悪そうに目を逸らした。

「そうだよね、あの役は、モートンのほうが似合っているし」

わざと、意地悪な調子で言う。

「ねえ、マクスウエル、モートンのこと、どう思う？　僕は無実だと信じている」

「僕もそう思っているよ……でも、キャシアスが嘘をつく理由もない」

「本当にキャシアスが嘘をつかないと思ってる？」

「え？」

「誰かをかばっている可能性はない？　例えばそれが大事な人だったりしたら……」

ぎくりとした彼に、レスリーは追い打ちをかけた。

「君たちの寮には秘密の抜け穴があるそうだね。そして、君は学校の外に恋人がいるって噂を聞いたんだ。だから……」

青い顔のマクスウエルを、上目遣いにちらりと見て、レスリーは続ける。

「例えば、の話なんだけど、君が抜け穴を使って街から戻ったとき、帰りの遅い君を心配して階段の踊り場で待っていたキャシアスと鉢合わせして、キャシアスが君を幽霊と見間違え、驚いて階段を踏み外したとしたら？　そして君が彼を見捨てて逃げたとしたら？」

「……何を言っているのかわからないけれど、僕に何か恨みでもあるのか？」

マクスウエルは震えつつもしらを切ろうとした。レスリーは涼しい顔でそれを受け流す。

「ことを荒立てるつもりはないんだ。僕が望んでいるのは、君がキャシアスを説得してくれることだ。幽霊を見たと勘違いして、驚いて転んだだけだって。それで一件落着だろう？　リプトン先生はモートンをちゃんと見たわけじゃないから、背格好が似ている君が医務室まで彼を連れていったことにすれば彼は信じるさ」

「だが」

「知っている。キャシアス一人の狂言だったんだろう？　君は優しいが、臆病だ。どうか、正義の心を見せてほしい。君だってモートンが消えるのは辛いだろう」

マクスウェルはなおも迷っている様子だが、その態度で、レスリーは確信した。

「明日の夕飯後、キャシアスを迎えに行くから、それまでに伝えて。彼が頑なになっているのは、あなたを愛しているからだ。あなたのお願いなら聞くはずだ……アルファに魅入られたオメガみたいに従順にね」

「君は恐ろしいことを言うな」

かすれた声で、マクスウエルが囁く。レスリーはにこりとした。

「ファグ制度は、オメガをつがいにする予行演習だと思わない？　キャシアスを下級生じゃなく、自分のオメガだと思えば、あなただって、そんな勝手は許さないだろう」

このひと押しがアルファに有効なことを、レスリーは学んでいた。残酷だが現実だ。

だが、使えるものは使え、だ。


「マクスウエルに伝えてきたよ。僕らの推理は正しかったみたいだ」

「そうか」

書斎に戻ると、レスリーの帰還を待ち受けていたジェラルドが、振り返りざま、軽く両手を広げてきた。レスリーはそこに、吸い込まれるように飛び込んだ。彼も驚かず抱きしめてくれる。ジェラルドのぬくもりと匂いに、深く長い息を吐いた。

アルファと一対一で交渉するのは、やはりかなり緊張する。

「明日決着をつけよう。週を超えればモートンが犯人に確定されてしまう」

耳元でため息のようにジェラルドが言う。

「明日、僕ひとりで３ハウスまでキャシアスを迎えに行こうと思う」

「クリーヴランドに邪魔されるぞ」

「でもあなたが動いたら、騒ぎになるだろう？　今回はあくまで、キャシアスが自分で言い出したことにしたい。それで皆の面目が守られる」

「君は勇敢だな。それに、思いやりがある」

感心したような吐息とともに、ジェラルドがレスリーの頬を撫でる。

「違う、僕はここで認められたいんだ。気の強いだけのチビなんて言われたくない」

仲間の名誉のために尽力し、敵の名誉も守る、立派な紳士だと認めてもらいたい。それだけだ。そのために、セオドアの冤罪だって利用している。

それにさきほど、マクスウエルを説得するさい、レスリーはオメガを見下すような台詞を使ったが、思ったよりも傷つかなかった。まるで他人事のようにすら感じられた。

「僕は薄情ものなんだ」

そう思うのに、ジェラルドは優しい顔のままだった。

「君は薄情ではないよ。君は何もしなくても充分にこの学校にふさわしいのに」

「あなたはいつも僕を褒めるばかりだ」

口が上手いよね。そう悪態をつきながらも、レスリーは彼の胸に鼻を埋めた。

翌日の、レスリー単独での３ハウスの訪問は、穏便に運ばれた。

エントランスでクリーヴランドに捕まった時にはひやりとしたが、幸いにも、クリーヴランドはレスリーがマクスウエルに何を言ったのかを知りたいだけのようだった。

「正しいことをしてください、と言っただけです。脅してはいませんよ。誰かを陥れるつもりもないんです。僕らは、ただ親友を返して欲しいだけです」

「ここ数日マクスウエルの様子がおかしいのは、君のせいか?」

「僕が彼と話したのは昨日が初めてです。彼は一人で悩んでいたんです。人の愛は時に面倒を起こすらしいので。僕は恋愛には疎いのですが、皆が誰かを疑い、誰かをかばい、事件が迷宮入りしてしまう物語を読んだことがあります。それから、誰かをかばおうとしたばかりに、他の人間の人生をめちゃくちゃにする話も読みました。誰も悪くなくても事件は起こるし、良かれと思ってついた嘘が、最悪な結果を招くこともあるんです」

「物語で人の心を学ぶなんて面白いことを言う」

「つまり、僕はあくまで観客なのです。探偵でも、警察官でもないですから、真犯人には興味ありません。欲しいのはハッピーエンドだけ」

「君は見かけよりもずいぶんと交渉上手だな。相手の足元をよく見ている」

「あなたよりも目線が足に近いですからね」

しれっと返事をすると、クリーヴランドは不機嫌そうにレスリーを見たが、それ以上は口出ししなかった。かわりにマクスウエルに目配せして、キャシアスを連れてきてくれた。

キャシアスは目のふちを真っ赤にしているものの、相変わらず、強い目をしていた。

「……僕を落としたのは、モートンさんです」

「キャシアス、本当のことを言うんだ」

昨日よりも幾分肝が座ったのか、マクスウエルが下級生をたしなめた。

「僕に驚いて君は階段を踏み外して、僕は君を見捨てて」

「あなたが僕を見捨てるわけがないもの」

そのとたん、キャシアスの目から、ぼろりと大粒の涙が零れた。

「あれはあなたじゃなくて、モートンだったんでしょう？　あなたは友達をかばっている」

きっとずっと、我慢していたのだろう。震える声で、彼はマクスウエルに訴えた。

「誰もかばっていない。僕は自分の保身のために、友を裏切り、君を見捨てただけだ」

目を逸らして、マクスウエルは悲しそうに繰り返した。

「僕は最低だ。キャシアス、そんなふうに僕をかばわないでくれ。余計に惨めになる」

「……あなたは悪くない」

ぽつりと、からっぽな声で、キャシアスは言った。

「悪いのは、嘘をついた僕だ。用もないのにあなたの部屋へと続く、階段を登ったのも僕」

痛ましいほど澄んだ声で、キャシアスはそう言ったあと、レスリーを見た。

「嘘をついていました。申し訳ありません」

「……いや、君は見間違えただけだよ。そういうことにしておいてくれ」

「わかりました」

かわいそうなほど従順になったキャシアスを連れて、レスリーは3ハウスをあとにした。

5ハウスの寮長に説明している間も、キャシアスは姿勢正しく前を向いていた。

レスリーは彼を哀れに思った。彼は、愛する人に愛されていない事実からずっと目を逸らし続けていたのだろう。彼がどれほど強くても、苦しい日々であったに違いないのだ。

愛情というのはこんがらかったものだな、とレスリーは思った。優秀なアルファすら、こんなにも弱く、愚かにしてしまう。

けれどなぜか、少しだけ、レスリーはキャシアスが羨ましかった。

キャシアスは何かを幽霊と見間違い、驚いて足を滑らせて階段から落ちた。そのショックで記憶が混乱したのだ、という主張が認められ、罰は反省文だけですみそうだった。

翌日、セオドアは解放されて、部屋に戻ってきた。


「驚いた、だが、さすがだな。君の計画通り」

親友が帰還した日、ジェラルドは喜びを抑えきれない様子で、レスリーを褒めちぎった。

目をきらきらさせてジェラルドが褒めそやすものだから、レスリーは照れくさいのを抑えて、当然だよ、と胸をはった。

ジェラルドは、そんなレスリーを、慈しみすら感じる眼差しで見つめていた。

「僕は君と……友人であることを誇りに思う」

まるで、獣がつがいを呼ぶときのように、低く優しい声でそう囁いた。

心から、レスリーのことをそう思っていてくれているのが、つがいの絆を通して、痺れるように伝わってくる。

全身が満たされるようなそのぬくもりに、レスリーは、大きく目を見開いた。

きっとジェラルドは、他の生徒に聞かれる可能性をおそれて、友人、という言葉を使ったのだろう。わかっていても、その言葉は、レスリーの深い場所まで染み渡った。

それは喜びだった。体の奥から光が溢れるように誇らしく、満腹したように満たされている。セックスの絶頂よりも深く、眩しいものだった。

もし自分がアルファで、仲のいい——例えばセオドアのように——対等な存在として、ジェラルドに会っていたら、毎日のように、こんな気持になれるのだろうか。

もしそうならば、日々はどれほど幸福で輝かしいものになるのだろう。もしかしたら、自分が本当に望んでいるものはこんな生活なのではないか。

雷に撃たれるように自覚した。

自分はアルファを憎んでいたのではなかった。アルファが羨ましかったのだ。だから今、こんなにも震えるほど満たされている。今この瞬間、まるで自分自身がアルファになったように感じられて。

……04……

二月に入ると四旬節《しじゅんせつ》の断食《だんじき》が始まり、食堂の料理がより質素になった。おやつの焼き菓子と日曜日のローストビーフが唯一の楽しみの、育ち盛りの日々は忙しなく、たちまちに春分がすぎて、昼と夜の長さが逆転する。

日々の小さな変化とともに勉学にはげむうちに、足元の土から緑が芽吹く。春の風とともに三月は駆けぬけてゆき、やがて学校は二週間のハーフタイム休暇に入った。

早朝より、大きな荷物をひきずりながら両親の家に戻る生徒たちの浮足立つ姿が、レスリーの屋根裏部屋の窓からはよく見えた。

「まだこの季節だと、木の花は梨くらいしか咲いてなさそうだな。白くてささやかだけれど、いい香りだよ。良い天気が続いたら、森のブルーベルが咲きはじめるかもしれない。真っ青で夢のように綺麗だから君に見せたいな。それからうちの庭でとれる宝石みたいなベリーたち」

レスリーのつがいもまた、監督生としてハウスの生徒を見送ると、いそいそと荷物をまとめはじめた。

「うん、楽しみだな」

レスリーは愛想笑いを口元に浮かべた。つがいである以上、ジェラルドの実家は、レスリーの家でもある。

帰る場所があるのはありがたいが、学生生活が楽しいレスリーは正直行きたくない。

おまけにそこにはあの日、電話一本で全てを変えてしまったジェラルドの父親がいる。

ジェラルドの父は伯爵で、貴族院に名を連ねる正真正銘《しょうしんしょうめい》の権力者だ。

望まぬ形で息子とつがいになったオメガのことを、ジェラルドの父親は、当然歓迎しないだろう。深窓の令嬢と知らずその貞操を奪った男は多分こんな気持ちになるのだろう。

心から気まずい。

ジェラルドがどうしてこんなに平然と帰省を喜んでいられるのかちっとも理解できない。

彼は無神経なのか豪胆なのかわからないところがある。

それでもジェラルドにせっつかれ、しぶしぶ部屋を出ると、数ヶ月のうちにすっかり馴染んだハウスを一度振り返った。

サザランドの敷地内にはいつのまにか控えめな春が訪れている。枝のつぼみはふくらみ、芝生は柔らかそうな緑に覆われつつあった。足元で小さな花が風に揺られ、頭上の水彩画のような空には鳥がさえずり、外出するには絶好の季節だ。

「早くおいで」

レスリーを待つジェラルドの姿も見違えてしまった。レスリーのプロデュースだったのに、今ではすっかり紳士が板について、なんだか神様に奪われたような気分だ。

それが気に入らなくて、レスリーは彼に体当たりをした。なんだよ、痛いな。ジェラルドは少しも堪えていない調子で笑って、レスリーの肩を抱き込んでくる。

その気のおけなさだけが、レスリーの気持ちを和らげてくれた。


サザランド校のあるタンジェレィから、ジェラルドの実家があるマグナワーディンまでは車で二時間ほどの距離がある。

ヴィンセント一族は、国会のある秋から春先までは首都にあるタウンハウスで暮らし、四月の狩猟の時期にあわせて、マグナワーディンの屋敷に移るのが恒例らしい。

二人を迎えにやってきた黒く光る大きな車に揺られ続けて、表札のない巨大な鉄製の門を潜る。アプローチにはポプラの並木が続き、渓流《けいりゅう》をまたいだ石の橋を渡る。さらにいくつかの門を過ぎ、丘陵地や小さな森や人口の山脈を抜けてゆく。

最後に広大な花畑が現れて、ようやくクリーム色の壁をした巨大な領主館が登場した。

ゴシック様式の無数の窓と部屋を持つその屋敷の前には、車寄せに沿って数十人の使用人がずらりと列をなし、レスリーたちが降車すると、いっせいにこうべを垂れてきた。

「おかえりなさいませ、ジェラルド様」

ものものしい雰囲気のなかを、ジェラルドは悠々と進む。

レスリーは昔教えられた通りに、彼の後ろを、空気のように気配を殺して歩いた。

エントランスに最も近い場所に、あきらかに使用人とは違う気配の男がいる。

ジェラルドにそっくりの、深い青の目をした初老の男だ。

アルファにしては痩せた印象だが、骨格の正しさを感じさせる立ち姿が美しい。

つい、レスリーがぼんやり見ていると、気づいた彼がこちらに顔を向けた。

上品な仕草だったが、その眼差しは強烈で、一撃で相手を圧する強さがある。

「ジェラルド」

息子を呼ぶ声に、レスリーは足がつらになりそうなほど緊張して息を止めた。

低く響く、海鳴りのような声をしたアルファ。これがジェラルドの父、ヴィクターだ。

「父上、ただいま戻りました」

呼ばれたジェラルドは父の前に目を伏せ、その頬に挨拶のキスをした。

「レスリーです」

そのあとレスリーはジェラルドに肩を抱かれ、ヴィクターの前に差し出される。

どきどきしながら頭を下げると、頭上から声が降ってきた。

「大変なことをしてくれたたな」

抑制の効いた口調だったが、レスリーは心臓を握られたように竦み上がった。

慌てて謝ろうと顔を上げてみれば、ヴィクターはレスリーを見ていなかった。

「ジェラルド、これ以上の面倒は起こしてくれるなよ」

ヴィクターの声は久々に会う息子に対するものとは思えないほど温度がなかった。

「ええ、退学せずに済んで助かりました。お世話になりました」

ジェラルドは萎縮するでもなく、おそらく意図的にふてぶてしい態度をとっている。

君、お父さんすごく怒っているじゃないか、こんな時くらい素直に謝れよ。

レスリーは内心必死でジェラルドに物申したが、幸いにもヴィクターは息子に煽られたくらいで感情を動かす器ではなかった。

「意図しない相手であろうとも、つがいになったからには大事にするように」

「レスリーは意図しない相手ではありません」

ジェラルドの反論に、ヴィクターは鼻を鳴らしただけだった。

「つがいは体質の相性が最も重要だ。検査では悪くない結果だったようだが最適ではない。最初も妊娠しなかったのだろう？　誘発剤を打たれていたのに……まあ君らは未成年だ。そこで子供ができなかったのは不幸中の幸いだったが」

「父上、レスリーの前でそんな話題はやめてください」

「レスリー君」

「は、はい」

緊張のあまり声を裏がえしながらレスリーが顔を上げると、ヴィクターは、一転して、ひどく愛想のいい笑顔になった。

「堪え性もない未熟者の息子だがよろしくたのむよ」

「……はい」

レスリーは呆気にとられて小さく口をひらいた。

「ヴィクターだ。こちらが妻のリリー」

「初めまして」

続けてヴィクターの陰に隠れるように佇んでいる儚そうな女性を紹介されて、レスリーはあわてて挨拶をした。ヴィクターの存在感に気圧されて全く目が行っていなかった。

リリーはレスリーの姿に嬉しげに眦《まなじり》を和らげて礼をすると、再び半歩後ろに控えた。優しくて人懐っこく、儚い姿の彼女はいかにもオメガといった雰囲気だ。こんな強烈なアルファのそばにいるのは大変だろうな、とレスリーはひっそりと同情した。

「今日から君はこの家の一員だ。自分の家のように過ごしてくれ」

「はい。ありがとうございます」

ヴィクターは緊張するレスリーの背中に軽く手をまわし、エントランスへと促した。力がこめられているわけでもないのに、自然と足が進む、完璧なエスコートだった。

ジェラルドも頑張ってはいるが、考え事に集中すると、ときどきレスリーのことを忘れるし、リード自体、こんなにスマートではないので、感心してしまった。

ジェラルドをちらりと見ると、彼も、父親にはかなわないと思っているのか、お気に入りを取られた子供みたいな顔で父親を睨んでいて、あやうく吹き出しそうになった。

「長旅で疲れているだろうから、今日の食事は消化の良さそうなものにした。君が好きだという、酸味の強い苺も取り寄せているから楽しんでくれ。明日はようやく断食が明けるから、豪華な食事をともに楽しんでもらえると嬉しいのだが」

「ありがとうございます」

ヴィクターは息子相手とは全く違う親しげな笑顔をレスリーに向ける。

さきほど息子に向けた鋭い言葉を聞いている相手に、あえて親切にふるまうとは底知れない。だが、ここで萎縮してはいけない。従順で弱いオメガとは思われたくないのだ。

ぐっと視線を逸らさないレスリーに何を思ったのか、彼は僅かばかり目を眇めた。それはジェラルドと同じ色をした、鋭くも美しいブルーアイズだ。

エントランスはひんやりと暗かった。重厚なマホガニー材の欄干《らんかん》がしつらえられた主階段を登り、レスリーはダイニングルームに通された。今日は来客がないので家族用の小部屋だと説明されたが、それだって充分に広くて豪華だ。

四方の壁には抽象的で鮮やかな花の描かれた大きな絵画が、長テーブルには見事なテーブルセットが施され、銀の食器が鈍い光を放っている。

椅子に腰かけると完璧なタイミングで給仕の手が伸びてグラスに水が注がれる。

食事中のジェラルドは、学校にいるときと同じように、滅多《めった》に口を開かなかったが、代わりにリリーがレスリーの隣に座って何かと家のことを教えてくれた。

「お客様がいるときの晩餐会《ばんさんかい》は、サルーンでおこなうの。正装をして、時間の前に、控え部屋にいらっしゃい。召使いからの声があったら入るようになさって。食事の配膳はすべて執事に任せるようにしてね。食後には応接室にうつって、少しピアノを弾いてもらうことがあるかもしれないわ。ピアノは弾ける？」

「ええ、得意です。教師免許も持っています。聖歌隊にも所属していました」

「まあ、すてき」

「リリー、あまり話しかけるな、レスリーの皿が全然あいていないだろう」

「ああ、ごめんなさいね、つい」

「いえ、こちらこそ」

ヴィクターに指摘されてようやく、自分以外の皿があらかた空《から》になっていることに気付いてレスリーは冷や汗をかいた。

「来客へのマナーについては、ある程度学んではいますが、実践したことはないので勉強になります。失礼のないようにふるまいには気をつけたいと思います」

「ああ、ごめんなさい」

リリーが再び声をあげる。

「心配しないで、今はまだ、お客様のことなど気にしないでいいのよ。ごめんなさい、ただ私、あなたとお喋りしたくて。自分の体のことを一番に気遣ってあげて。寮にいるあいだは、ずっと強いお薬を飲んでいたでしょう？　食事も別室のほうでとっていいのよ。あまり無理をして子供の産めない体になったらたいへんだもの」

「そうだ、別室を用意している。なるべく人を近づけないようにしておくから、明日からはそこでジェラルドとのんびりするといい。家具などはこちらの一存で揃えさせてもらっている。気に入ってもらえるといいんだが」

レスリーの謝罪に対し、彼らは口々にフォローしてきたが、その内容はレスリーにとって、衝撃的なものだった。

つまり彼らは、家事などいいから、部屋でセックスしていろと言っているのだ。

ここにいる人々はみな、レスリーがオメガであり、健康的な跡継ぎを生んでくれることを最優先に考えている。

わかっていたはずなのに、それを前面に出されると、脳天を揺らされたようなショックを受けて、もはや料理の味すらわからなくなった。

ランチをすますと、レスリーたちは二人の部屋に案内された。

なんとなく想像していたが、領主館から徒歩十分ほどの距離に建てられたそれは、完全な一軒家だった。もともとジェラルドの、パブリックスクールへの入学祝いとして建てられたものを、家具だけ二人用に入れ替えたらしい。

クリーム色の外壁と、れんがで作られた温かみのある外観は、カスタードパイのように可愛らしく家庭的で、日当たりのいい窓からは緑がこぼれている。

新築で隙間風もなく、領主館の重厚だが寒々しい雰囲気とは一転したこの家は確かに落ち着けるが、レスリーの気分は少しも晴れなかった。

「あんな、皆がいる前で！　あんな言い方しなくても！　どんな顔をしろっていうんだ！」

二人っきりになったとたんに、レスリーの鬱憤《うっぷん》は爆発して、さっきからずっと同じ愚痴を繰り返していた。

「仕方がない。もともと覚悟していたことじゃないか」

一時間近くこの調子なので、ジェラルドの慰めも、おざなりになっている。

「知っていたけど！　でも忘れていたんだ！」

ジェラルドが腰掛けたソファのまわりをぐるぐると回りながらレスリーは吠える。

つがいではあるものの、まだ婚姻関係も結んでいない二人に、わざわざ離れが用意されたのは、ここにいる間、抑制剤を抜くことになっているからだ。

寄宿舎で生活している間は、二人とも最も強い抑制剤を服用している。効果に対して副作用は少ないが、長期の服用はどうしても内臓に負担がかかる。そのため、せめて休みの日は薬を抜いて自然に任せるようにと医者から指示されているのだ。

薬を抜くと、三日ほどでレスリーは発情期に入る。

避妊具がどっさり用意された寝室を見て、レスリーは羞恥と屈辱に震え上がった。

「だってここの人たち、みんな僕らがその……つがいの行為をするって知ってるんだろ？」

「まあ、事実つがいなんだから、仕方ないだろう？」

「嫌なんだよ！　それが！」

「恥ずかしいのか？　レスリー」

「違う！」

だってこれでは家畜みたいに人権がないように感じる。

この扱いを、この屋敷の全員が当然と思っている事実がさらにおぞましい。

この敷地内で、レスリーは完全にオメガとして扱われるのだ。耐え難かった。これではルーシティ島にいるのと変わらない。

「学校に戻りたい……」

「無理を言うなよ……仕方ないだろう。体に負担がかかりすぎたら君だって、夢を叶える前に病気になってしまう」

　べそをかきはじめたレスリーに、ジェラルドが困った様子で眉を下げる。けれど彼はレスリーがどうしてここまで嫌がっているのか、理解していないようだった。

　ジェラルドならわかってくれると思っていたのに、いくら訴えても欲しいものと違うものを取ってくる犬みたいな反応しかしないのが、さらにレスリーをナーバスにさせる。

「もうちょっと気持ちを楽にするんだ。みんな君を労ってくれているだけじゃないか。それに発情期は君の一部だろう。恥じることじゃない」

「だからっておおっぴらにされるのは嫌なんだ！　種付けされる家畜みたいだ」

「じゃあ君のつがいの僕も家畜ってことになるし、僕の父も母も家畜だろう」

　呆れた様子でジェラルドはレスリーをたしなめてから、思い出したように立ち上がって、戸棚の上に置かれたテディベアを手に取った。

「そうだ、レスリー、君テディベア持っていなかっただろう？　これ、プレゼント」

　おもむろにくまのぬいぐるみを渡され、レスリーはきょとんとする。

「これは何をするもの？」

「抱きしめると落ち着くよ。僕らは子供のころに親から離れるから、その代わりに持たされる。ぬいぐるみのくま相手なら八つ当たりだってし放題だし、愚痴も言い放題だ」

「ちがう！　僕は八つ当たりをしているわけじゃない！」

更に爆発しながらも、レスリーは押し付けられたベアを、勢いで抱きしめた。確かにそれはハグするのにちょうどいい大きさで、肌触りが良く適度に重い。のほほんとした顔つきに、うっかり気勢を削がれる。

いや、やっぱりこれは八つ当たりだな。ジェラルドは別に悪くないと、いまさらながら認めた。

レスリーはしぶしぶとソファに腰掛けて、くまのかわいい顔をぐりぐりと苛めた。

「本当に憂鬱だ」

「レスリー、つがいのいる発情期は、そこまでひどくないと聞くよ。心配いらない」

慰めるジェラルドの台詞は相変わらず的外れで、今は逆効果だ。

「なんだよ、他人事だと思ってるんだろう」

「思っていないよ。君は僕のつがいなのに」

「でもなんだか嬉しそうに見える」

「そりゃ……まあ」

ジェラルドが素直に赤面するものだから、レスリーはふたたび爆発してしまった。

「レスリー、そろそろ家に戻ろう」

背後からの声を無視して、レスリーはずかずかと歩いた。鹿よけの隠れ垣を超えて、湖にかかる石の橋を渡り、木々に埋もれた小さな神殿のようなフォリーを過ぎる。春とは名ばかりの、いまだ残雪でまだら模様の畑の畝《うね》では、ときどきリスがこちらを窺っている。

屋敷の庭はどこも整備された自然に溢れて美しい。けれどここがどこまでもヴィンセント一族の敷地だと思うと、オメガ保護区のルーシティ島を思い出して気が滅入る。おかげでレスリーの内心はこの風景と同様に起伏に富んで忙しかった。

「僕は結局、どこに行ってもオメガとして扱われるんだ」

「強くて賢いオメガになるんだろう？」

追いついたジェラルドが声をかけて、レスリーの首にマフラーを巻いた。

かっかとした怒りは過ぎ去っていたので、ジェラルドの体温の移ったそれは、ほっとするほど暖かく感じた。

「でも皆、僕を世継ぎを生む生き物としか思っていないだろう。あなただってそうだ」

ぼそぼそと恨み言を呟きながら、ぎりぎりと握りしめたテディベアは、さっそく首がもげそうだ。

「そんなこと思っていないよ。君は賢くて頼りになる僕のつがいだ」

「つがいだって！」

ジェラルドはいつもの根気強さで、レスリーに付き合ってくれる。けれど今のレスリーはちょっとしたニュアンスにも過敏だった。

「僕はあなたと、友達になれたと思っていたのに！　アルファの友達みたいに！」

「……僕は、君がアルファの友達だなんて思ったことはない」

困ったように告げられて、レスリーは目を丸くする。ジェラルドは悲しそうだ。

「僕は君がつがいで嬉しい。君が僕のことを、つがいだと自覚している様子がないのはうすうす気付いていたけれど、友達だと思われていたのはさすがにショックだ」

しょんぼりしたジェラルドに、レスリーは慌てた。

「友達って、軽んじているわけじゃないよ。僕をあなたと対等に扱って欲しいってこと」

「僕は君がオメガだからって下に見たことなんてない。君は強くて前向きで、とても格好良いと思う」

「それはあなたが、アルファだから言えることだ！」

ふたたびかっとなって、レスリーは言い募った。それから、我に返ってしゅんとする。

「理不尽なことを言っている自覚はある。僕はオメガなのに、オメガとして扱われたくない。きっと、オメガのことをどこかで馬鹿にしているんだ。仲間のオメガを、弁護士になって守ってやるだなんて、思い上がりもいいところだ」

「でも君はオメガだ」

ぽつりと、零されたジェラルドの台詞は、レスリーにはあまりにも重く響いた。

「君がオメガを嫌っていようとも、弁護士になることを偽善だと思おうとも、君がオメガであることに変わりはない。それは変えられない。そして君がどう思おうとも、これから君の賢さに、救われる人がいるだろう。それでいいじゃないか。結果が大事だ」

静かに言葉を紡いだジェラルドは、居心地悪そうに首を竦めた。

「僕が恵まれた境遇だからそんなことを言えるんだと言われたら、言い返すことはできないけれど、僕だって、アルファに産まれたかったわけじゃない。人の上に立つような器ではないのに、それを望まれる。僕がどう生きたいかなんて、世間にはどうでもよくて、アルファだって理由だけで優秀であることを強要される。正直苦痛だよ」

「うん……」

ジェラルドの言葉に、反論はあるけれど、オメガとアルファであるかぎり、多分議論は堂々巡りだ。彼は彼で苦しみがある。少なくとも彼の告白は冷静で、小川のせせらぎのようにさらさらと耳に流れ込んでレスリーを落ち着かせてくれた。

「何でも思い通りになるわけじゃないのさ」

達観したような、突き放したような彼の呟きに、そうだね、とレスリーも同意する。

「まあ、愚痴はいくらでも聞く」

おとなしくなったレスリーの肩を、ジェラルドが軽く叩いた。気安い仕草は友達にするようなものだった。

レスリーはジェラルドに、こんなふうに気安く触れられ、一緒にいてもらえるのが好きなだけだ。それだけのことを、理解してもらうのが、こんなにも難しいだなんて。

それから二日間は、解決しない問題を一旦脇に置いて、休日を楽しむことにした。

一日目、レスリーは、朝起きて身支度を整えると、朝食に用意されたクロワッサンや甘いパイやフルーツを好きなだけ皿に盛って、日当たりのいい居間の窓辺に持っていった。途中でジェラルドがぼさぼさの頭のまま起き出してきて一緒に食事を摂りはじめる。

朝食は身支度を整えてからと、ジェラルドも子供のころからしつけられているはずなのに、彼はあえてマナーを無視することで得られる贅沢を楽しんでいるようだった。

白いシャツにゆるいパンツ姿で床に座り、朝の透明な光に照らされながら、素手でクロワッサンをつまむジェラルドは、嫌味なほどに絵になっていて、レスリーは結局その行儀の悪さを注意せず、紅茶の湯気をすかしてその光景を楽しむことにした。

ジェラルドのそういった、子供っぽさを見せられるのは、秘密を共有しているようで悪くなかったからだ。

昨日の説明通り、昼食も別宅まで運ばれてきた。断食あけの料理は豪華だけれど、家庭料理的な親しみやすさも感じるもので揃えられていた。ラムのグリルに、シェパーズパイ、春の野菜のフリットに田舎風のパテ。南印度《みなみインド》ふうのこってりした豆のスープ。

お茶の時間も贅沢だった。ジェラルドはミルクの順番には無頓着だが、お茶の淹れ方にはこだわっていた。明らかに良い茶葉を使っているのもあるだろうが、レスリーは初めて紅茶がこれほど美味しいものだと知った。霧深い山に育ち、最初の春の雨を受けて芽吹いた芽を摘んだ一番茶は、香りが深く、はちみつのような風味がある。

書斎にはジェラルドの蔵書が運び込まれていた。絵本から百科事典、安物のペーパーバックから専門書まで。彼の興味は幅広い。ジェラルドは気に入っている本を暗記しているらしく、お気に入りの一節を諳んじ、レスリーが本棚からそれを探す遊びをした。

「名前とは何だろう。バラと呼ぶ花を別の名にしてみても美しい香りは変わらない」

「ふふ、それは僕でもわかる。ロミオとジュリエットだろ。あなたがこんな話を好むとは」

「ストーリーは気に食わない。冷静に話し合えばいいのにと思う。けれど、この一節が好きなんだ」

「ロマンがないな。この話は、若さゆえの向こう見ずさがいいんじゃないのか」

「刹那的なのも破滅的なのも好みではないんだ。ハッピーエンドがいい」

その物言いは、いかにも彼らしかった。

午後には庭の散策をした。来客があったのか、うさぎ狩りの銃の音がした。夕食にはウサギのパイと鹿のハムが出てきた。

翌日の早朝は、ベリーの茂みの近くを散歩していると、絵本に出てきそうに愛らしいマダムに会った。ジェラルドの言うことには、彼女は素晴らしいジャムの創造主だという。

「本職は絵描きなんだ。僕らの家は昔から彼女を支援していて、ジャムはそのお礼。僕らは彼女の新作をいちはやく見られるし、ジャムももらえる。とてもラッキーだ」

「確かにラッキーだね」

ノブレス・オブリージュの幸福な形は、その他にも、敷地内のいたる所で見つけられた。ヴィクター・ヴィンセントは古風ゆえに貴族としての誇りを失わずにいるのだ。彼の一族に加わるのは幸福なことだろう。けれど、子孫作りのための役割しか望まれていないなら不幸だ。

いつかヴィクターと対等に語れるようになりたいと思う。恐ろしいけれど、理論で勝てば、彼は納得してくれそうな気がするのだ。

天気が良く暖かかったので、二人は自習を終えると川に趣き、釣り糸を垂らしながらぽつぽつと会話をした。

ジェラルドは、彼の妹について打ち明けてくれた。彼女はジェラルドが三歳のときに産まれたオメガで、生後すぐにルーシティ島へと連れ去られてしまった。母のリリーは子供を奪われたショックで半狂乱になり、幼いジェラルドはその姿に、いたくショックを受けたそうだ。

今は持ち直したものの、当時のリリーの悲しみは、見ていられないほどに痛ましく、ひどく衰弱してしまったため、ヴィクターは一度、娘を連れ戻そうとしたらしい。しかし彼の力を以《もっ》ても、それは叶わなかった。島に隔離されたオメガはまず、名前を奪われて、戸籍も書き換えられてしまう。唯一彼らの出生を辿れる遺伝情報も政府で管理され容易に見ることはできず、もはやどこの家から来た子供なのかわからない状態で、多くのオメガとともに一様に育てられる。

その件以来、父親はオメガを親元で保護する法案を通すことに尽力しているそうだ。

ジェラルドもまた、両親の影響でオメガの扱いに疑問を持ち、この社会の現実を見極めようとした。それが社会学に興味を持ったきっかけだという。

「オメガもそうだが、この社会には偏見や貧困によって、苦労を強いられている人や、人権を侵害されている人がいる。すでに常識となった仕組みを変えるのは難しい。それらと戦うためにも、隠された真実を暴いて、今の社会構造の問題点を皆が知る必要があると思って、僕は社会学の道を目指すことを選んだ」

ジェラルドは静かな声でレスリーに胸の内を教えてくれた。

「オメガの子供を奪われることに反対している親は、僕の両親だけではないはずだ。けれど世間にそれは報道されない。オメガは島に隔離することが最善だと思われたほうが都合のいい人たちが権力を握っているせいだ。僕の父すら苦戦するような相手だ。実はルーシティ島に忍び込んだのは、その実態を調査することも目的の一つだった」

「今までどうしてその話をしてくれなかったの？」

レスリーが疑問を投げると、ジェラルドはきまり悪そうにした。

「家での騒動が外部に知られることに抵抗感があるんだ。僕はそんな保守的なアルファの性質を嫌っているはずなのに、どうしても家族の問題を知られたくはなかった……でも、君のように、オメガのために勇敢に戦おうとしている人を見ていると、勇気が出てきた。君のおかげだ」

真剣に告げられた言葉を、レスリーは嬉しく思った。

「ねえ、ジェラルド、僕たち、ただのベータとして出会えていたら、きっといい友人になれたんじゃないかな」

「いいや、レスリー、僕らはアルファとオメガであるままで、対等であるべきなんだよ」

ジェラルドは、そこだけは主張を譲らないつもりのようだった。

「僕は、いつか、階級社会なんてなくなってしまえばいいと思っているよ。貴族みたいな権力者がいる世界の悪くない面も知っているけれど」

秘密を打ち明けるように、彼が声のトーンを落とす。

「産まれた家や性別で、人生が決まってしまうようなことはなくなるべきだ。皆にチャンスが平等に訪れるべきだ。オメガが弁護士や政治家になってもいいし、アルファが工場労働者になってもかまわない。誰が何を望もうとも、誰にも文句を言われない社会がいい。皆が自分の出生を恥じたり恨んだりしない世界を作りたい」

レスリーは彼の主張に耳を傾けながら、彼に同調する気持ちと、それは理想論だと攻撃したい気持ちが複雑にせめぎあった。

ジェラルドは、オメガの窮状に理解があるアルファだ。それでも、階級社会がなくなればいい、なんて言えるのは、ジェラルドが上流階級だからだ。

オメガとして差別されていたレスリーは、オメガのままで、アルファと対等に見てもらえる時代なんて、不可能だとしか思えなかった。

「そうだね、そんな世界になればいいのに」

けれど、そんな世界が来ればいいと思っている。

釣り針が引かれて、透明な水面《みなも》の下で、虹色の鱗がきらめいている。

そうしたら、ジェラルドともしかしたら、普通の恋人同士だったかもしれないのに。


三日目になると、保留にしていた問題に向き合う必要が出てきた。

レスリーは朝から腹の奥が熱っぽく、暗いうちから目が覚めた。

ただ前回の発情期とはちがい、体がだるい程度で動けないほどではなかった。

ジェラルドも朝から心なしか頬が赤いが、いつもとそう変わらない。

落ち着かない気持ちで、レスリーはテディベアを膝に抱きしめていた。我慢が利かないほどの衝動に襲われてはいない。けれど発情のせいか、ジェラルドの体から漂う匂いを、どうしようもなく魅力的に感じてしまう。ジェラルドもきっと同じだろう。

互いに、慎重に、相手を窺い合っている。

それでもジェラルドはレスリーの同意なく、手を出す気はないようだった。

「君たちほど詳しくは学ばないが、僕らアルファも、倫理の授業の一環で、つがいの扱いについて学んでいる。発情時は、アルファが主導権を握りやすいから、相手と主張が食い違わないように話し合い、慎重にことを進めるようにと教えられている」

そんなことまで宣言されてしまった。

「つがいであろうとも、充分な相互理解の上で行為を行うべきだと思う。だから君が乗り気でないのなら、僕は待つ」

「……別に、あなたにされて嫌ってわけじゃ」

「だが、君は僕のことを、友達としか思っていないんだろう？　僕は君に、つがいとして受け入れられたい」

どうやら先日の言い合いを根に持っているらしい。レスリーは唸った。

「僕がどう思っていようと、僕らはつがいなんだから、気にしないでいいじゃないか」

「一方的なのはだめだ。まるで僕がレイプしているみたいじゃないか」

「レイ……」

露悪的な言いざまに、レスリーは絶句して、ジェラルドを睨んだ。

そんな緊迫した状況だというのに、急にリリーが訪ねてきて、二人はぎょっとした。

「パイを作ったのよ。マドレーヌも。いつでも食べられるように、作りおきの料理も」

彼女は二人の戸惑いに気付いていないのか、せっせと台所を食べ物で埋めて、一方的に喋り続ける。


知り合いの婦人や、親族の話。レスリーにはさっぱりわからない人々の噂話ばかりだ。

「母上、そんなことを話されてもレスリーは彼らのことを知らないから何も返せないよ」

「あら、いずれ会うじゃない？」

「会ってからでいいだろう？」

腰に手をあてため息をつく息子に、リリーはショックを受けた様子だった。

「せっかく差し入れをしたのに、追い出すつもり？　私よりつがいが大事なの？」

急に責めてくるから、レスリーはますます呆気にとられてしまった。

「どちらも愛していますよ。でも、今はレスリーに負担をかけないようにと、父上にも言われたでしょう？」

ジェラルドは慣れているのか、しごく落ち着いて彼女に対応している。

「心配して来たのに」

ぶつぶつ言いながらも、なんとか戻ってくれたのは、それから一時間後だった。

「すまない、レスリー。前も言ったように、母上はまだ、不安定なときがあって」

彼女の作ったパイに合わせてお茶を淹れながら、ジェラルドは申し訳なさそうに言った。

「元気な母上だなって思ってたんだけど、問題があるの？」

気疲れを糖分で癒やしながら、レスリーは首を傾げた。

「まあね、元気なときはまだいいんだが、反動で、ひどく落ち込んでしまうこともあって」

カップにお茶を注ぎながら、ジェラルドがため息をつく。

「カウンセリングは受けているが、感情が制御しにくいようなんだ。僕の姉がフィアンセをつれてきたときも、兄がひさびさに帰ってきたときも、一晩中喋るんじゃないかって勢いだった。また子供を取られると思って不安になるらしい」

「そうなんだ……」

レスリーは昨日聞いた、彼の妹の話を思い出した。

悲しいことだと思うが、彼女のように、オメガの子供を奪われたことを、ずっと悲しんでくれる母親がいることが、レスリーは嬉しかった。

「でも僕、彼女みたいな母がいたら幸せだと思う。オメガを産んだ母親は、子供のことなんて忘れてしまうのだと思っていたから。母上には申し訳ないけど、僕らのために傷ついてくれる人がいることを、嬉しいとすら思う」

「そう言ってくれると、救われる気がするよ」

ジェラルドが目を細めて、レスリーの頬にそっと触れる。

「君と会ってから、僕は本当に世間知らずで、まだまだ子供だと感じている」

「そりゃあ、そうだろうね。僕ら未成年だもの」

「けれど体は君を求めるんだ。残酷なことだよね」

レスリーは、ジェラルドもまた、この穏やかな関係を壊したくなくて、こんなことを言っているのだと思いたかった。

一昨日は子供みたいに遊んだし、昨日は、大事なことを教えてくれた。

ジェラルドと一人の人間として向き合い、そのなかに憧れや好意を感じれば感じるほど、レスリーは、動物的な発情に促されて彼と性的な接触をすることに抵抗を覚えた。

「僕も未熟だよ。多分僕は、人を好きになるってことがわからない。だから、友達よりもつがいになりたいあなたの気持ちも、理解できないんだと思う。ただ僕は、あなたと対等に会話をしたいし、友達になりたい。アルファの恋人同士みたいに、発情期じゃないときに触れ合ってキスをしたいと思う……どうしてそれじゃだめなんだろうって思う。僕、オメガとして支配されるのは嫌だ」

素直にそう告げると、ジェラルドが眉を寄せた。

「君を支配するつもりはない。ただの体の構造だろう?」

レスリーは答えられなかった。お互いに、根本的なことが理解し合えていないと感じる。

ジェラルドは、ロミオとジュリエットが、もっと話し合っていれば幸福な結末を迎えられたと信じていた。レスリーは、違う環境で生きてきた人間同士が理解し合うことは、いくら多くの言葉を費やそうとも難しいことなのだと知っている。

「うん、そうだね。でも夜まで待って」

答えれば彼は嬉しそうにする。レスリーはそれが悲しかった。

空が暗くなるごとに、発情の症状は重くなってゆく。

微熱が出て、下腹部が張ってくる。三ヶ月前の、ジェラルドとの行為を思い出すと、足の間が落ち着かなくなってくる。

どくどくと脈打つ性器に、触れたくてたまらなくなる衝動を、レスリーは耐えていた。側のジェラルドも、さきほどから本のページをめくる手が止まっている。

はあ、と、レスリーは熱い息を吐いた。それでも、ジェラルドを求めることができない。

「レスリー」

結局、声を出したのはジェラルドのほうだった。

「体はつらくない？」

「うん……どうかな」

それでもレスリーは正直に答えられずに口ごもった。ジェラルドが静かに本をテーブルに置く。

「僕はけっこう辛い」

困ったような笑顔を向けてくる。触れることを許されたいという声だった。

レスリーは唾を飲み込んだ。彼が、どんなふうに触れてくるか、レスリーは知っていた。

その柔らかい笑顔の下に、どれほど熱くて硬いものを滾らせているのかも知っている。

そして、彼に触ってもらえば自分は楽になれることも。

「うん……そうだね。寝室に行こうか」

熱に浮かされるようにそう言った。けれどジェラルドに手を握られると、僅かな抵抗が
レスリーに尻込みをさせた。

「無理やりはしないよ」

ジェラルドが眉を下げる。その悲しそうな顔は卑怯だと思った。レスリーは迷いをふりきって、よろよろと立ち上がり、彼に続いて寝室へと向かった。


毎日新しいものに取り替えられるシーツからは、ほのかにハーブの香りがする。

薬草くさいとも言える、清涼感のある香りはレスリーの好きなものだった。

心地よいリネンに横たわると、続いてジェラルドが隣に体を添わせてくる。

そのままジェラルドの顔が近づき、唇が合わされる。湿った粘膜が触れ合って、レス

リーはぶるりと肩を震わせた。

彼の温かい指が、大事なものに触れるようにレスリーの頬に触れている。やわらかい口づけをかわしながら、レスリーはおずおずと彼と目を合わせた。ジェラルドの、美しい青い目のなかで、自分ががぼんやり揺れている。

「嫌なら嫌と言っても構わないんだが」

衣擦れの音だけの静かな部屋に、ジェラルドの声が響く。

「いやだなんてそんなこと……仕方ないだろう。体の構造なんだ」

「君、拗《す》ねているだろう。自分の体が、思い通りにならないから」

レスリーはぎくりとした。鈍いようでいて、ジェラルドはときどき不意打ちのように、レスリーの心を正確に読んでくる。

「最初は、慣れていないだけかと思っていたが、そうではないんだろう。僕が憎い？」

「まさか、そんなこと」

レスリーはかぶりをふる。しっくりする台詞が見つからなくてしばらく言葉を探した。

ジェラルドは彼の言葉を待っている。綺麗な目は初めて会ったときから変わらない。

でもレスリーはふと、彼が傷ついているんじゃないかと気づいた。

「まさか、そんなことはない。僕は憎んでなんかない」

レスリーは、今度はしっかりと否定した。

「あなたは悪くない。僕は自分の体が憎いだけ。君のようなアルファが羨ましいだけだ」

「だから君がオメガだとつきつけてくる、僕の存在を憎んでいるんだろう？」

「違うよ」

びっくりして否定したけれど、ジェラルドの確信を得たような、強い目は揺るがない。

「僕は君に、オメガであることを恥じては欲しくない。僕は、勇敢で聡明な君が好きだよ。けれど僕は、君がオメガらしくないから好きなわけじゃない」

「ジェラルド」

「僕は、君がオメガであろうとアルファであろうと君が好き……とは言えない。オメガではない君は、君ではないと感じる。君を友人のアルファのようには扱えない。それは君が特別だからだけれど、君がオメガであることも僕には重要な要素だからだ」

ジェラルドは正直だった。レスリーには残酷な宣言だったが。

「でも、君が、自分の性を受け入れられないというなら、僕は君をつがいにするようには扱わない。なぜだかわかる？　僕は君が好きだからだ」

どこか皮肉げにそう告げて、彼はレスリーの下腹部に手を伸ばした。

「アルファ同士の方法にしよう。互いの手で欲望を解放するんだ。それなら構わない？」

「……どうしてそんな方法を知っているんだ」

「はは、耳年増なんだよ、僕は」

むっとしてレスリーが尋ねると、ジェラルドは曖昧に笑ってレスリーにキスをした。

「物足りないかもしれないけれど、何もしないよりは……」

「それって、何、んっあ」

不満はあったが、彼の手がそっと、足の間に触れただけで、腰がぴくぴくと跳ねて、体温は容易に上がっていった。

大きな手で揉まれると気持ちが良くて、どうしようもなく腰が揺れるのが恥ずかしい。

「僕のも触ってくれないか？」

熱い声で、耳元に囁かれる。レスリーは、全身の毛穴が開いたように、どっと汗がにじむのを感じた。

「触るって、どうすればいい……」

「手を貸して」

催眠術にでもかかったように思考が霞んで、レスリーは言われるがままに、ジェラルドに片手を預けた。彼の手によって導かれたのは、肌触りのいい夜着の布越しにもわかるほど、熱く芯が通ったものだった。レスリーの指が触れるだけで、それは反応して質量を増し、彼の手のひらを押し上げてくる。

「優しく撫でるだけでもいい。子犬にするように」

「……子犬なんてかわいいもんじゃないくせに」

「わっ」

馬鹿にされた気がして、むっとしたレスリーは、彼のボトムスの中に手をつっこんだ。

そして両手で彼の欲望を引っ張り出した。ぷるりと跳ねて飛び出た自分のものに、ジェラルドがびっくりしたような声を出したので、溜飲を下げる。けれど次の瞬間には、レスリーは膝まで思い切りボトムスをずり下げられて悲鳴を上げていた。

「やだ、ジェラルド、お尻が寒いだろう?」

「はは、じゃあこうしよう」

ジェラルドが両手で、レスリーの尻を揉む。

「アルファ同士でもお尻を揉むの?」

「んん? さあ?」

くすくすと笑うジェラルドは、まるでイタズラを楽しむ幼い子どもみたいに目を潤ませているから、毒気を抜かれてしまった。

仕返しに、レスリーも彼の頸部《けいぶ》を掴んだ。思ったよりも柔らかくて指が沈み込む。

「爪が痛いよ」

ジェラルドが腰をよじった拍子に、むき出しだった互いの性器が触れ合って、どちらともなく熱い息を吐いた。

「ねえ、このまま」

「うん」

視線を絡み合わせ、二人は互いを引き寄せて、腰を揺らした。

「あっ、う、うん」

硬くなった性器が擦り合わされる。敏感な部分が触れ合うのは、びりびりと心地よいけれど、うまく欲しい部分に当たらない。

もどかしい快感のせいで、言葉を忘れ、次第に我を忘れたように腰をふった。

「はあ、は」

ジェラルドのそれはレスリーのものよりずっと大きくて立派で、比べるのは少し恥ずかしいけれど、自分のそれに腰を擦り寄せて、気持ち良さそうに息を荒げているジェラルドを見ていると、そんなことはどうでも良くなってくる。

彼の幹には血管が浮かび、先端からは腺液が溢れている。口元もしどけなく開いたままで、うつろな青い目はいやらしくけぶって、揺れるレスリーだけを映している。

その目に囚われると、レスリーの奥深い場所から、じわりと熱いものがにじみ出てくる。

「んっ、う」

絶頂が近いのか、ジェラルドが小さな声を漏らして、レスリーの腰を強く掴んだ。

「あっあ」

その瞬間に、奥からじゅわりと熱いものが湧き上がってきて、レスリーは軽く気をやった。足をひきつらせると、ジェラルドの硬い先端が、下腹部に強く押し当てられる。内側が圧迫される快感に、レスリーは堪えるひまもなく、ペニスの先端から、とくとくと白濁を漏らした。

「んっ、あー」

気持ちいいけれど、物足りない絶頂に、レスリーは身悶えながら腰を震わせる。

とろとろと吐き出しているレスリーのそれを、まだ硬いジェラルドの剛直が、何度も擦ってもみくちゃにする。そのたびに、絶頂にはたどりつけない快感に襲われ、レスリーの体は魚のように跳ねた。

「あっ、そこ、だめ、そんな、そこじゃな……もっと」

苦しくて、口を閉じるのを忘れて犬のように喘ぐ。もっと、深い快楽が欲しいのに。

「ごめん、いく」

けれど、ジェラルドは低くうめいて、ぶるりと達してしまった。

どろりとした精液が、レスリーのそれと絡まりあって、彼の下生えを濡らし、ひどく卑猥な光景をつくっている。

はあはあと息を乱しつつ、互いの足の間をぼんやり眺めたあと、同時に顔を上げる。

「まだやりたい？」

「……ううん。もういい」

伸び上がり、ジェラルドに軽いキスをしたあと、レスリーは寝返りを打って背を向けた。ほんとうのところ、レスリーの体はいまだ奥のほうが疼いて、そこに太い杭を嵌めてほしいと訴えていた。けれどレスリーはそれを無視した。

「このやりかた、気に入ったよ」

「それは良かった」

ジェラルドは、わずかにせつなそうに囁いて、レスリーの肩にキスをした。

ジェラルドは、つがいの絆を通して、レスリーの体の状態に気づいているのだろう。それでもこちらの気持ちを優先してくれているのだ。そんなジェラルドの優しさに包まれて、レスリーは幸福だと思った。

翌日の夜は、互いの顔を見ながら自慰をした。互いの好きなやり方を打ち明けあった。

次の日は互いの手を使った。

腰骨の内側を強く掴まれ、下腹部を圧迫しながらペニスを刺激されるのが、レスリーは一番良かった。やはり内臓への刺激があったほうが快感が圧倒的に深いのだ。

レスリーがジェラルドの腹に乗り、後ろ手でジェラルドのペニスを刺激したときは、ジェラルドもずいぶん身悶えていたので、おあいこのようでドキドキとした。

ジェラルドと触れ合っているあいだ、レスリーの後ろはずっと疼いていて、何かを突っ込んで、思い切り擦ってほしくてたまらなかったが、耐えられなくはなかった。

友情の延長にあるような触れ合いは、物足りないが、ジェラルドがレスリーを尊重してくれていることがわかって心が満たされる。

唯一不満なのは、ジェラルドが、こういった相互自慰の方法に、妙に詳しいことだ。ジェラルドはレスリー以外の誰かと、こんなことをしたことがあるのだろうか。それは誰だろう。そんなことを考えると、何故か胸がむかむかして、嫌な気分になる。

その感情が嫉妬だということを、レスリーはいまだ自覚していなかった。


発情期の一週間が終わったころ、本宅から誘いがあった。

姉たちの帰省が決まったので、晩餐を共にしようというものだった。

ちょうど体も落ち着いたところなので、二人はその誘いを受けて、本宅にやってきた。

ジェラルドの姉は女性体のアルファで、つがいの相手も女性オメガだった。

彼女たちが現れると、南国の花がいっせいに咲いたように食堂が華やかになった。彼女たちは良く笑い、明るい話題を山ほど与えてくれたので、レスリーも過度に緊張することなく食事を楽しめた。

「賑やかでいい時間だったな」

晩餐が終わり、部屋へ帰る道すがら、レスリーはぽつりと語った。

「それにいい話が聞けてよかった」

彼女たちが急に実家に戻ったのは、二人の間に赤ん坊ができたからだった。めでたい報告に、気難しそうなヴィクターも頬を緩めていたし、リリーはすっかり涙目で、彼女たちに楡《にれ》の木のある小庭園で過ごすように勧めていた。

「また母上が過干渉しなければいいんだけれど」

そうだね、とレスリーは相槌《あいづち》を打って肩を竦めた。暦の上では春でも、外気はいまだ凍える寒さだ。けれどなんとなく、早足で戻るのも惜しい雰囲気だった。

「彼女たちの子供が、たとえオメガでも連れ去られないよう、僕は祈っている」

「それまでに、お父上の法案、通るといいな」

夜の庭はどことなく不気味だが、独特の魅力があった。夜道はところどころにランプが灯されていたし、何より今宵は月が綺麗で、足元は危なげない。

「君と会ったのも、こんな雰囲気の庭だったな。君は思い出したくないだろうけれど」

「いや、そんなことないよ」

レスリーは肩を竦めた。

「今となってはいい思い出のような気がする。あなたと会えたから」

それからそっと、ジェラルドの手を握った。なんとなく、そうしたかったのだ。

ジェラルドはレスリーを見つめて、しばらく口をもぞつかせた後、ぽつりと問いかけてきた。

「ここ一週間、僕は君を満足させることができただろうか」

不安そうに言うから、レスリーは笑ってしまった。

「もちろん。あなたは紳士だったよ、ジェラルド。僕の望みを叶えてくれた」

結局一度も挿入を伴う性行為はしなかったせいか、発情期が終わってもレスリーは欲求不満だった。その影響なのか、ジェラルドが屋敷の使用人など、自分以外の人間に意識を向けるだけで不機嫌になってしまう自分を、多少もてあましている。

二人きりでいる時間にも慣れすぎてしまった。ジェラルドもそれを見抜いているから、こんな心配をしているのだろう。だから、レスリーはできるだけ、正直に答えた。

「ジェラルドが僕の気持ちを優先してくれたのが嬉しい。毎回手だけの行為で済ますわけにはいかないのはわかっているけれど、考える時間をもらえたことを嬉しいと思うよ……あなたが僕を、気遣ってくれたことは忘れない」

レスリーはそう言って、伸び上がってキスをした。

「好きだよ、レスリー」

唇を離すと、ジェラルドがそっと告白してきた。

「君のきまじめすぎるところも、頑固なところも。正直僕も欲求不満だが、ここ数日で、君はずいぶん、僕に対して、いい感じになってきた気がしている」

「褒めてはいないよね？」

「そんなことはない」

笑いながら、レスリーはジェラルドからのキスを受けた。くすぐったくなるような、幸福な気分だった。

「まあ、いいよ。あなたと会えて、僕の世界は広がった。あなたに会えて、僕はラッキーだったと思う。あなたには災難だったかもしれないけれど」

これが好き、という気持ちなのではないかと、レスリーは頭の隅で考えたけれど、結局それを口にはしなかった。もう少し、この甘い雰囲気を、味わいたかったのだ。

「いいや、そんなことはないよ。僕は君と初めて会ったときから……」

ふと気配を感じて、二人は視線を上げた。

庭の奥には小さな池と、八角形の白い屋根と柱を持つガゼボが建っている。

水面からの月の反射を受け、ぼんやり浮かび上がるそこには二つの人影があった。

「ああまた朝が来る。あの子たちが行ってしまう、やっと帰ってきたというのに」

しくしくと涙声で訴えているのは、ジェラルドの母親、リリーだった。

「とうとうジェラルドまで奪われてしまった。私のもとには誰も残らない」

「私がいるだろう、リリー」

そして彼女が子供のように泣きついている相手は、驚いたことに、ヴィクターだった。

「私から子供たちを奪う全てが憎いのよ。殺してやりたい」

「そんなことを言うんじゃないよ。悲しいのはわかるが」

「あなたに何がわかるっていうの、かわいそうなオメガのあの子を奪われた時にも、あなたは何もしなかった、氷のように冷たいあなたに何がわかるっていうの？」

激しく呪いの言葉を吐く彼女を、ヴィクターは静かで優しい声でなだめている。

「そうだな、悪かったよ、私にはわからない」

「そうよ、誰も私のことなんかわかってくれない、声を聞いてもくれない」

「けれど愛しているよ、リリー」

「……」

愛の言葉に、リリーは応えない。それでもヴィクターは根気強く、リリーのそばに寄り添っていた。

「母は、ときどきああなってしまうんだ」

木陰に身を潜めて、気づかれないように抑えた声で、ジェラルドが言う。

「父は母に、アルファとオメガについて、それから世の中の仕組みについて何度も説明したが、母は何も理解できなかった。母はものごとの因果関係を把握するのが極端に苦手なんだ。そして父はそんな母を愛している。だからオメガも正しい教育が受けられる施設を作ろうとしたんだ。君の話を聞くと、あまりうまく運営されてはいないようだけれど、多分これからは改善されていくと思うよ」

「うん」

レスリーは頷いた。そして、そこからそっと、離れていった。

「父も父なりに苦しんでいる。不幸なオメガを減らしたいが、保守的な価値観からは抜け出せない。オメガの社会進出には否定的だ。二律背反《にりつはいはん》だと思うが、彼自身はその矛盾に気づこうとはしない」

帰り道、ジェラルドはそんなことを打ち明けてきた。

「難しいところなんだろうね」

「僕は父の苦悩を軽減するためにも、オメガと社会について考えてる。それが結果父への反抗となっていることは皮肉だが」

ジェラルドは眉を寄せて少し悲しげだった。

レスリーは、彼の苦悩に触れて、彼の腕に寄り添って歩いた。

「ねえ、レスリー。医者の言う相性はともかく、僕らの出会いは運命的だと思うんだ」

「うん?」

ふいに、ジェラルドが口を開く。

「君がアルファとして見られたいのはわかった。でも君は、オメガであるから価値があると思うんだ。君は、オメガがどれほど賢くて強いか証明できる。オメガのままでアルファに負けないくらいに、立派に社会進出できるように、僕は君を支えたい」

ジェラルドは、淡々とそんなことを伝えてきた。

「君が望まないのなら、僕は君と子供を作らなくてもいい。それにまつわる行為もしなくてもいい。でも君はオメガだよ、レスリー。いつかそれをちゃんと受け入れてくれ」

「……うん」

レスリーは俯いて、小さく頷いた。

不思議と今は、素直にジェラルドの言葉が胸に届いた。

「僕もやっぱり、ロミオとジュリエットは、もっと話し合えばよかったと思う。諦めずに」

「えっ なんだい急に」

きりっと宣言したレスリーに、ジェラルドが面食らった。レスリーはその手を握った。痛いほどに強く。

……05……

イースター休暇が終わると、暖かな日が増えて、校内はどこか浮ついた雰囲気になる。敷地内のいたる所がよそいきに整備されて、川の土手にも花の苗がふんだんに植えられた。岸辺につけた小舟たちもペンキで色を塗り替えられる。

生徒の制服は、監督生などの特別な生徒以外は一律だが、それを少しでも良く見せようと、カフスや髪型などをおもむろに整えて、皆が色気づきはじめている。

彼らの目的は、一年で最も大きな祭典にある。夏至《げし》前の六月に行われる聖霊降臨祭だ。ボート競争と、バザー、演劇、講堂でのダンスパーティなどがメインイベントで、この日は学外の人間も招待される。

レスリーの育った島は年中が春のようなもので、毎週のように何かしらの祭りが企画されていたが、ここでのイベントというのは特別なもののようだった。

レスリーにとっては、それほど大騒ぎをするほどの魅力を感じない出し物ばかりなので、周囲のテンションに遅れをとりぎみだった。

「その日は、憧れの君に、堂々と花を送ることができるんだよ」

だからセオドアに教えてもらって、ようやく納得できた。

「聖霊降臨祭は一二〇人の信徒の上に、精霊が降った出来事を記念したお祭りだ。それにちなんで、さまざまなイベントが企画されている。花を贈る催しは、初期のころは精霊の焔の舌を真似た赤い花びらを撒いていたんだが、掃除が面倒なのと花を千切るのはかわいそうだからという理由から、花束や切り花を飾るようになり、やがてそれが、憧れの相手への捧げ物になった」

ルーツを調べるのが好きなジェラルドが、セオドアから説明を引き継ぐ。

「ボート競争では自分の応援する選手の帽子に、生徒たちは花を飾る。これはオッズみたいな役割もあって、誰が一番人気かすぐにわかるようになる」

校内での恋愛は表向き禁止だが、祭りの日ばかりは学校側も目を瞑《つぶ》るそうだ。

つまり、サザランドの生徒たちは、白日の下、秘めた想いを打ち明けられる年に一度のチャンスに、色めきだっているということだ。

「打ち明けたい生徒もそうだが、打ち明けられたい生徒もそれなりに必死で、この時期のハウス対抗のスポーツ試合は特別力が入る」

「へえ、人気者になりたいから？」

「まあ、大雑把に言えばそうだが、学内の人気っていうのは将来的にも重要だからね」

レスリーはこの日、ジェラルドと一緒に、グラウンドで行われているラグビーの試合を学習室から観戦していた。そこにやってきたセオドアに、穴場の観戦場所があるからと誘われて、やってきたのは図書館だった。確かに絶好の観戦ポイントだが、騒げないのが玉に瑕で、三人は先ほどからひそひそと声を潜めて会話している。

眼下で繰り広げられているゲームはまさにクライマックスで、グラウンドを囲むギャラリーの声はほとんど轟《とどろ》きのようになっている。

「ラグビーの試合なんて、最前列で大騒ぎしてると思ってたよ」

レスリーは、冷やかし半分でセオドアに言った。セオドアの恋人、サイモンはラグビー選手の名フランカーだ。体格のいい選手の揃うフォワードのなかでは、一番力が必要とされないポジションとはいえ、ベータの彼はアルファのバックスの選手よりもずっと華奢だ。おまけにフランカーというのは、ゴールを決めるわけではなく、スクラムの要でもないが、基本的にボールを持たないポジションなので、グラウンドを走るサイモンは一見目立たないが、試合の鍵を握る重要な駒なのだという。ジェラルドに解説されながら眺めているうちに、ルールのわからないレスリーも彼の才能がわかるようになってきたところだ。

背番号7のサイモン・クロフォード。オープンサイドを担う彼は真っ先にスクラムから離れて敵をアタックし、誰よりも早くポイントに入ってオーバーしている。戦術を巡らせる頭の回転の早さとスピードとスタミナ、どんな相手にでも果敢に挑んでゆく勇敢さ。

「まあ、別に僕はサイモンが花形選手だから好きになったわけじゃないいし、汗臭い連中にもみくちゃにされるのはごめんんだから」

セオドアはそんなことを言いながら、7のゼッケンの背中をうっとりと眺めている。

いつでも爽やかで沈着冷静なイメージがあるセオドアだが、恋人のこととなると胸焼けしそうな甘い雰囲気を醸《かも》し出してくる。

「それで、この試合が六月のお祭りと何か関係があるの？」

スポーツ観戦は、すごく動いてすごいなあ、というレベルの感想しかないレスリーは、静かに白熱しつつあるジェラルドたちに話の続きをねだった。

「ローズは、この学校で一番の人気を獲得することに、どれほどのメリットがあるか知っているかい？」

尋ねると、視線はグラウンドに釘付けのままのセオドアに、逆に聞き返される。

「学生の代表に選ばれる可能性がある」

「そうだ、そうなれば将来はサザランド校卒業生の絶大なコネクションにより、社会に出て、あらゆる場面で顔がきき、有利に生きられるというわけだ」

「モートン、君、よからぬことを考えているんじゃないだろうな」

ジェラルドは、何かにひっかかったのか、警戒した様子で友人を睨んだ。

「めっそうもない。君たちと一緒に試合を観戦しているだけじゃないか」

そう言って彼は身を乗り出すと、すらりとした指でグラウンドを指さした。

「キャッチしたぞ。走れ！」

いけ、そこだ！　と、二人が会話を中断して小声で盛り上がり、トライの成功でひとしきり拳をぶつけあってから、ふたたびすとんと腰を落ち着ける。

「サイモンが３ハウスのフランカーになってから、チームは負け知らずだ。他のハウスもすっかり諦めていて、実質みんなが競い合っているのは二位の座というありさまだ」

「へえ、そんなにすごいの」

「彼はスポーツ奨学生だからね。頭の回転も良くて人付き合いもうまいテイラーの息子だ。人気ものだよ」

レスリーは身を乗り出していまいちどサイモンをよく観察した。

黒い目に黒い髪で、日に焼けた健康的な肌色。色素が薄くきらきらしいアルファの中では逆に目立つ。そのうえ動きのキレが明らかに他と違う。全身がバネのようにしなやかで野性的。まるで血統書つきの犬のなかに紛れ込んだ黒豹《くろひょう》のようだ。

「彼はベータだというだけではなく、多くの人種の血のかけあわされた奇跡のハイブリッドだ。あんなに魅力的なのに、選民意識に脳が溶けた連中は、ベータだとか、移民の子だなんて理由で彼への当たりが強い。貴族だってヨーロッパ中の混血なのを知らないのかな。表向きはちやほやするが、裏では陰湿な悪口の嵐だ。同じハウスの連中からも嫌がらせを受けている。サイモンは気にしていないが、恋人の僕としては許しがたい。クリーヴランドは、サイモンの功績で3ハウスの覚えが良くなり、次期代表の座が確実になったっていうのに、保身に走って彼を守ろうともしない。それどころかサイモンをはじめとしたベータの生徒をバッシングする連中にまで媚を売るしまつだ」

セオドアが小さく、レスリーの知らない単語を吐き捨てた。ジェラルドがそんな言葉をローズの前で使うなと目を剥いたので、そうとうひどい暴言だったのだろう。

「ねえ、ローズ、クリーヴランドのこと、どう思う？」

「まあ、そりゃあ勿論、嫌味を言われたり、嫌がらせをされたんだから良い印象はないよ。おまけに自分のハウスの生徒の統率もとれないだなんて」

そうだろう、そうだろうと、セオドアは何度も頷く。

「それでも今のままでは、クリーヴランドが次期生徒自治会の執行部総長に選ばれる可能性濃厚なんだ。あんなごますりばかりが上手な臆病でいばりやのコントロールフリークが、そんな絶大な権力に見合う器だと思うかい、ローズ？」

「そうだね、君の話を聞く限りでは不相応に聞こえる」

レスリーは、急に彼がそんな話題をふってきた意図がわからず、慎重になった。

けれどセオドアはしきりにレスリーに目配せをして、あと一声、とばかりに促してくる。

「……他に代表候補はいないの？」

彼が求めていそうな台詞をしぶしぶ口に出すと、セオドアは、待ってましたとばかりに身を乗り出した。

「そうだね、来期の総長候補はあと二人いるけれど、クリーヴランドを現在の座から引きずり下ろすには、いまひとつ、パンチにかけていたんだよ、今までは」

「今までは？」

「ここでダークホースの登場だ。ローズのおかげで見違えるほど清潔になってコミュニケーション能力を手に入れた、僕らの味方が現れたわけだ。ねえ、ヴィンセント」

　今まで空気のように扱われていたのに急に話をふられたジェラルドが鼻に皺を寄せる。

「僕は関係ないからな。階級社会が嫌いなんだ」

「ジェラルド……ジェラルドを総長にできるの？」

　思いつきもしなかった案にレスリーは目を丸くした。

「そんなに意外なことかい？」

　セオドアは首を傾げる。

「ヴィンセントは監督生だよ。代表として総長選挙に出馬すれば、かなりの票が集められるはずだ。少なくともクリーヴランドに反感を抱いている連中のものは確実だ。クリーヴランドはヴィンセントをライバル視している」

「興味がない、選挙だなんて」

　抗議を無視されてむっとしたジェラルドが訴えても、セオドアは素知らぬ顔だ。

「問題は、本人にその意思がないことだ。ローズ、君からも説得してくれ。君だって親戚がサザランド校の代表をつとめたとなれば、弁護士になったときに何かと有利だ」

　セオドアの誘惑は、レスリーの心に響いた。確かにそうだ。その後ろ盾があれば心強い。

「僕は便利屋ではない」

けれどジェラルドは頑なだ。

「どうしてそこまで拒絶するの。代表になればクリーヴランドだって変に絡んで来ないだろうし、皆から一目置かれるんだろう？」

できるだけ猫撫で声で、レスリーはジェラルドに話しかけた。

「その特別扱いが嫌いなんだ。こんな狭い箱庭の中で、上だの下だのに拘《こだわ》るなど愚かしい」

ジェラルドはこの話題が相当気に食わないらしく、彼らしくもなく口調が厳しい。

しかしこの物言いには、レスリーもかちんときた。彼はレスリーが、この学校で認められるために頑張っていたのを間近で見ていたのに、愚かしいだって？

「ヴィンセント、冷静に考えてよ。確かにあなたは平等な社会を望んでいるだろうけど、その社会を作るには、まず社会を変える力が必要だろう？」

「そんな権力は暴力だ。そんなものが欲しいなら、クリーヴランドに取り入ればいい」

なんとか怒りを抑えて説き伏せようとしていたレスリーも、その台詞で、もともと短い堪忍袋が容易に切れた。

「わからずや！　そこまで拒絶するなら、確かにその手も魅力的だよね。クリーヴランドは僕に一目置いてくれている。こちらから近づけば気に入ってもらえるかな。新しい候補よりも確実な代表候補を啓発したほうが手っ取り早いよね」

そんな台詞を、売り言葉に買い言葉でぶつけたのに、今回に限ってジェラルドは断固として折れなかった。

「そうだな、やってみればいい」

それどころか、温度のない眼差しをして、乾いた声で煽るようなことを口にした。そんな見下すような態度をとられると、気が短いレスリーはじっとしていられなかった。

「わかったよ、僕も社会性が必要だよね！」

捨て台詞を投げつけると、レスリーは踵を返して階段を駆け下りた。特に策があるわけではなかった。クリーヴランドはおそらくあの試合会場にいるだろうから、あてつけに会っておこうと思っただけだ。

タイミングよくゲーム終了のホイッスルが鳴り、レスリーはグラウンドに走る。

クリーヴランドを探すと、彼はちょうど、皆にもみくちゃにされているサイモンのもとに近づいていくところだった。明るい場所で見るサイモンは、汗に肌が輝いて、全身から生命力が溢れている。その爽やかさをまともに受けたレスリーは、濁った怒りでここまで来たことが急に恥ずかしくなった。思わず立ち竦むと、タイミングがいいのか悪いのか、クリーヴランドのほうが、レスリーに気付いたようだった。

「クリーヴランド」

目が合ったので、仕方なく、レスリーは声をかけた。

「君のハウス、優勝が確実なんだってね。おめでとう」

「ありがとう。うちには名フランカーがいるから。君も知っているだろう？」

クリーヴランドが当然とばかりの顔をするから、レスリーは内心かちんときた。

「ええ。でもこんなにすごいなんて知らなくって。思わず来てしまった。別ハウスの生徒がクロフォードに話しかけるのってまずいかな？」

「まずくはないんじゃないかな。君らは顔見知りなわけだし」

クリーヴランドは一瞬いぶかる顔をしたが、快くレスリーを招いた。

「クロフォード、今日も絶好調だったな」

「クリーヴランド」

クリーヴランドが呼ぶと、爽やかに笑っていたサイモンの顔に、かすかに陰が差した。

セオドアの言っていたことは本当なのかもしれない。

クリーヴランドはサイモンと短い会話をしたあと、レスリーの背を押した。

「ローズは君のファンになったらしい。話をしたいんだって」

「それは光栄だな」

「改めて言われると照れるな。こんにちは、クロフォード。試合すごかった」

サイモンの漆黒の虹彩がレスリーに向けられる。どこか無機物めいて冷静な、見定めるように眇められた目元は、すぐに人懐っこそうな笑顔で隠された。

「なんだ、ローズ、ラグビーの試合も見たことないの？」

「どうせ僕は世間知らずだよ」

サイモンは力強く握手をすると、すばやくレスリーの耳元に囁いた。

「セオドアが何か言ったの？」

「違う、個人的なことだ。クリーヴランドに近づきたくて。ごめん、君はその口実」

レスリーも囁く大きさで返事をした。

サイモンは怪訝そうに首を傾げたものの、何かを察した様子で笑顔に戻った。

「次の試合も楽しみにしている」

「期待に応えてみせるよ」

白い歯を見せて笑ったあとは、彼はレスリーに背を向けて、他の生徒と話し始めた。どうやら関わる気はないという意思表示らしい。

「ありがとうございます。直接話せてよかった。君は親切だ」

レスリーとしてもそれが一番助かるので、クリーヴランドを振り返って笑顔を向けた。

「クロフォードは紹介などなくても君と話すだろう」

「けれど試合中は、ハウス代表の君を通したほうがいいのかと思って」

クリーヴランドが眉を跳ね上げる。まんざらでもないといった表情だった。

「それに君とは、あまりちゃんと話したことがなかったから、きっかけも欲しかったんだ」

「なんだ、君こそヴィンセントの取り巻きじゃないのか」

「彼とはただの親戚だ。それに僕は弁護士になりたいから、君とは仲良くしたい」

クリーヴランドは、レスリーの真意を探るように目を眇めたあと、ふと、口角を上げた。

「ふふ、何を企んでいるのか知らないが、気に入ったよ。今度お茶でもしよう。僕はアフタヌーンティーの時間、クリケット場のそばのテーブルで一息入れているんだ。気が向いたら遊びに来てくれ。君との会話は楽しそうだ」

クリーヴランドは、レスリーにそう言って、また、と言って別れた。


「クリーヴランドにお茶へ誘われたよ」

「へえ。良かったじゃないか。新しい制服が必要か？」

書斎ですれちがったジェラルドに伝えると、彼は冷たくレスリーを見やった。

レスリーは彼に、そんなふうな態度を取られたことがないので、思わず怯んだ。

だがヴィンセントはフォローもいれずにすたすたと自室に戻ってしまう。

「ローズ、気に病まないでも大丈夫だよ。ヴィンセントはときどきすごく頑固になるから」

珍しく書斎で自習していたセオドアが、立ち竦むレスリーに優しく声をかけてきた。

「いや……びっくりしただけだ。大丈夫」

「でも、喧嘩の発端は僕の言い出したことだろう？」

「あなたの提案は間違っていない。だから悪いのはヴィンセントだ」

レスリーはむっとしながら、セオドアが熱いミルクティーとともに出してくれた、甘酸っぱいレモンのアイシングケーキにフォークを突き刺した。

ジェラルドのさっきのあの態度、落ち着いて思い返すと、ずいぶん失礼だ。

「君も意固地になりすぎじゃないかい？　クリーヴランドのお茶会に行くなんて」

「意固地じゃない。興味が出たから行くだけだ」

レスリーはぐちぐちと小声でジェラルドに対する悪態をついた。今度会ったときには絶対むこうから謝らせてやる。

「止めても行くよ。もしかしたら彼の弱みも握れるかもしれないし」

「君は止めたら余計にヤケになりそうだから止めないけれど、気をつけてね」

セオドアは頬杖をついて、目を細めた。

「いくら幸運が重なったといっても、確かにクリーヴランドは代表に選ばれるくらいの人間なんだ。足元を掬おうなんて考えないほうがいい」

「でもあなた、以前彼に勝てば安泰って言いませんでした？」

「あれは正攻法の話」

カップに唇を近づけながらセオドアが釘を刺す。

「お茶会は腹の探り合いだよ。適度な距離で接するなら勉強になるだろうけれど、くれぐれも深入りしないようにね」

翌日の午後、レスリーはクリーヴランドに教わった場所に足を向けた。

それは校内にいくつかある、野外に作られた休憩所のひとつだ。

大きな柳の木の下にあるそのテーブルには、白いリネンがかけられて、思ったよりも豪華な食器と間食の上を大きなティーポットが行き交っている。

緑の芝生の上に、鉄製の足に支えられた長方形のテーブルと、長椅子がふたつ。アールデコ調の装飾が施されたテーブルセットのまわりでは、アルファたちが肩を並べて口々に喋り、木漏《こも》れ日《び》が制服や陶器のカップにまだら模様を落としている。その光景には奇妙な賑やかさがあって、アリスの三月ウサギの庭で開かれるティーパーティみたいだった。

「もう満席かな?」

レスリーが声をかけると、つかのま、席の会話が途切れ、ちょうど三月ウサギの席についているクリーヴランドが顔を向けた。

「どこが満席なんだい。いっぱい空いているじゃないか」

彼は皆に声をかけて、自分の隣のスペースを空けさせた。

レスリーがそこに腰を落ち着けると、ほどなく、先ほどと同じように、ミツバチのような会話がテーブルの上を飛び交いはじめた。

「ちょうど退屈していたんだ。パブリックスクールに軍事訓練が必要かどうかで議論が暗礁に乗り上げてしまって。ほら、あいつのせいだ」

クリーヴランドはレスリーに耳打ちして、椅子から立つ勢いで熱い主張を続ける生徒を軽く顎で示した。

「ところでお茶はどうだい？　目が覚めるほど濃く出ている。ミルクは先に入れるほう？後のほうが貴族的という説もあるけれど、君はどちらかな」

「どちらでも……。しかしいいのかい？　僕は他のハウスの人間なのに」

「何が問題あるかい？」

クリーヴランドは大きなポットを軽々と扱い、カップに紅茶を注ぐ。

「天気が良いときは、ここでお茶を淹れて、お菓子を持ち寄る。それだけだよ」

次にミルクを注ぎながら、クリーヴランドが説明をする。

「メンバーは日によって違う。僕の友人、野次馬の生徒や、僕のお茶狙いの連中、焼菓子の香りにつられた生徒、エトセトラ。特に自己紹介もいらない。席があれば座っていいし、立ったままでも、地べたでもいい。自由で平等な場所だ」

そう説明されたが、今、熱く議論を交わしている生徒たちは言葉の端々にクリーヴランドへの称賛を滲ませているし、自分をアピールすることに心血を注いでいるように見える。

「だから君がここの仲間入りをしても、何の問題もない」

「素敵な企画だね」

レスリーは当たり障りなく微笑み、カップを受け取った。彼のお茶はなかなかの味だ。ジェラルドの淹れたお茶もおいしいから、お茶の淹れ方は紳士の嗜みなのだろうか。

レスリーは脳裏に、ぽっと浮かんだつがいの顔をかぶりを振って消し去った。

ジェラルドの不機嫌はいまだ持続中で、今朝などは挨拶もなく、さっさと先に出てしまった。なので、レスリーは丸一日会話していない。

あいつ、つがいのオメガをこんなに放置してどういうつもりなんだ。

先日ジェラルドに、つがい扱いされたくないと告白したことも忘れて、レスリーは朝からずっとかっかしていた。

「気分がふさいでいるようだが、大丈夫かい？」

眉を寄せるレスリーに、クリーヴランドが気さくに話しかけてくる。彼もおそらく、セオドアのような情報通だ。ジェラルドと自分が喧嘩していることはすでに承知しているはずだ。それを見越して、レスリーは深刻な雰囲気を纏っておいた。

「ええ、友人と意見の相違があって、子供じみた口論をしたんだ。あなたの意見を聞いてみようかと思って」

「ああ、何でも聞いてくれ」

鷹揚なクリーヴランドの笑顔は、嫌味も、悪意も感じさせないものだった。

きっとクリーヴランドは、選民思想以外のことに関しては気分のいい、もしくはそう見せるのが上手い人間なのだろう。もさもさ時代からジェラルドをライバル視していたように、人を見る目もある。冷たい印象の顔がにこりと綻《ほころ》ぶと、彼に良い印象のないレスリーですら惹き込まれそうになる。

「頭を冷やすためには、距離を取ることも大切だ。客観的に問題を観察することで、違った側面に気づくこともある」

なんてことのない正論だが、不思議な引力のあるアクセントで彼は喋る。

「そうですね」

だったらあなたは、ベータや、オメガの視点に立ってみたことはあるのかな。

そんな皮肉を返してやろうかと考えたが、今のレスリーは、クリーヴランドの神経を逆撫でするためにここに座っているわけではない。

代わりに、レスリーは、彼にいくつかの相談をもちかけた。どれも、人付き合いに関する些細《ささい》な悩みだ。解決は簡単で、とりたてて悩んでいるわけでもない。

『人は何かをしてくれた相手ではなく、何かをしてやった相手に愛情を持つ』

というのがオメガが学ぶ最初の愛情獲得術だ。

だから何もかも一人で賢くやってしまえる人間よりも、おっちょこちょいだったり病弱だったり、危なっかしい人間のほうが愛される。相手が気位の高いものならなおさらのこと。それはか弱いオメガの処世術だとも教えられた。

くそったれなことだが、憎らしいほど効果的でもある。

クリーヴランドはレスリーの相談に、ひとつひとつ、真摯に答えてくれる。あれだけ取り巻きを引き連れているだけあって、人たらしの才能はあるようだった。

「あなたのアドバイスを聞けるなんて贅沢なお茶会だ」

お茶の時間が終わるころ、レスリーが口にした台詞はほとんど本心からのものだった。

「君がこの席に来てくれるなんて、こちらこそ栄誉なことだ」

「また来てもいいかな？」

「もちろん」

クリーヴランドはにっこりとポーズをとって背もたれに腕をまわす。その瞬間だけ、ライバルの友人が尻尾を振ってきたことへの歪んだ優越感が、わずかに覗いた。

さいわいにも造作が良いものだからあまり気づかれないだろうが。レスリーはその隙をしっかりと確認して、つつけば悪いものを出してきそうな手応えを感じていた。

それから、都合がつく限りは、レスリーはクリーヴランドのお茶会に顔を出した。

クリーヴランドもまた、レスリーが来ると必ず自分の隣を空けて、自らレスリーのカップを用意してくれる。そのちょっとした特別扱いのおかげで、お茶会の席でのレスリーの発言は他の参加者よりも重要視されていた。

悪くないと、レスリーは思う。それでも、レスリーは発言を最小限のものに留めた。

他の人間がどれほどクリーヴランドを褒めたり、自分をアピールすることに心血を注いでいようとも、レスリーはクリーヴランドに関することは一切口にせず、他愛のない会話を心がけ、白熱しすぎない議題のときにだけ、控えめに参加した。

それがレスリーの戦略ではあったが、自分だけが違うアプローチをしている、ということが優越感を少なからず満たして、最近はここに来るのが楽しみになってきていた。

反面、ジェラルドとはずっとすれちがいの日々だ。監督生の彼は六月の精霊降臨祭を前に忙しく、自習室にすら顔を出さない日も多い。

ジェラルドがレスリーとの時間を作ってくれなくなると、こんなにも会える時間が減ってしまうのだと、レスリーは痛切に感じていた。

ジェラルドが手を広げてくれないと抱きつけないし、ジェラルドが足をとめてかがみ込んでくれないとキスもできない。おやすみとおはようのハグも、彼がレスリーの部屋に来てくれたからできたことだったのだ。今まで、そんなことにも気づかずにいたなんて。

それでも、ジェラルドに甘えたり縋ったりするのはレスリーの矜持が許さなかった。

ジェラルドに貰ったテディベアを彼の身代わりにして、キスして抱きしめるのが精一杯だ。

レスリーが最近クリーヴランドのお茶会にかまけていることがジェラルドの耳に入っていないわけはない。にもかかわらず、彼からは一切アクションがない。

きっとレスリーのほうから謝らない限り、この冷戦を続けるつもりなのだろう。

　残念ながら、そういった圧力を掛けられると、レスリーは反省するどころか、ますます意固地になってしまう性格だ。この一週間、レスリーはジェラルドの声すら聞いていない。その事実から目を背けるために、レスリーはクリーヴランドを取り込むことに一層熱中する悪循環にはまっていた。

　最近では、クリーヴランドのレスリーへの態度はずいぶん親しげになって、もはやなれなれしい。

　今日は、レスリーとファーストネームで呼ばれてぞっとした。

　クリーヴランドはカリスマ性に溢れた、強く美しいアルファだ。

　けれどつがいではない、ジェラルドではない。ひきつる笑顔をごまかすため、レスリーはテーブルに頬杖をついた。行儀が悪いがしかたがない。

　レスリーは耳直しに、ジェラルドの声を脳内でリピートした。彼がレスリーを呼ぶ声。甘く優しく、ひどく大事なもののように、白い前歯の隙間から、そっと紡いで二人をつなぐ空気を震わせる、あの声だ。

「そういえば、先日、本を探していただろう。この地域の植生についての文献だ」

「ええ」

　妄想をクリーヴランドの声に邪魔されて、一瞬かちんと来たが、タイトルを耳にしたレスリーは顔を上げた。それはジェラルドが探していた本だ。

「ずいぶんマニアックなことに興味があるんだな」

「四季の変化の乏しい乾燥地帯で育ったせいかな。ドラマティックな四季の移り変わりのあるこの国の風土に興味があるんだ」

「そうだな、気温差は堪えるが季節は美しい光景を作り出す。ヒースの丘もそろそろ一面ピンクの花で埋め尽くされる季節だ」

「ええ、それがとても楽しみで……それよりどうしてそんな話を?」

「先日、父が知人の学者の蔵書を譲り受けてね。暇つぶしに何冊か送って貰った中に件《くだん》の書籍があったんだ。ただ、ひどく古くて、状態も悪い。よかったら今晩、僕の部屋で状態を見て、借りるかどうか決めてほしい」

「他のハウスの人間が忍び込んだら、また騒ぎになるんじゃないか?」

「別に校則で禁止されてはいない。夜になれば目につきにくいだろうし、僕が入り口まで迎えに行くよ。到着したら一階の入り口すぐの窓を叩いてくれ」

「そこまでしてもらっていいのかい?」

遠慮がちに首を傾げつつ、レスリーは、ずいぶんスムーズにことが運ぶものだと思っていた。こんな短期間で、部屋に招かれるほどの信用を獲得できるなんて。

おまけに、ジェラルドとの仲直りに使えそうな本まで貸してくれるという。

クリーヴランドは、実は良い人間なのだろうか。レスリーは楽天的にそんなことを考えて、彼の誘いを了承した。

レスリーが自分のフロアに戻ると、思いがけずジェラルドが自習室にいた。

久しぶりの彼の姿に、思わず笑顔になったレスリーとは対照的に、彼はにこりともしない。それどころかひどく剣呑《けんのん》な表情だ。

「またクリーヴランドのところに行っていたのか？」

おまけに第一声からこれだ。レスリーの機嫌もたちまち急降下した。

「行っていたら悪い？　彼と仲良くしろと勧めたのはあなたなのに」

ジェラルドの正面の椅子に腰掛けて、レスリーは彼を睨みつけた。

「君が誰と付き合おうと自由……僕に口出しする権利はない。友達としての僕にはね」

「おかしな言い方をするね」

「僕なりに考えたんだよ」

ジェラルドは読んでいた本を閉じると、目頭を揉んだ。疲れたような仕草だ。

「以前、君は僕と、友人になりたいと言った。僕はそれは難しいと答えた」

「そうだったね。帰省したときだ」

正しくは、アルファとして接することはできない、どうしてもつがいのオメガとして見てしまう、ということを言われたのだが、校内だからあえてその言葉を使わないようにしたのだろう。

「しかし今なら、僕は君の望む通りに扱えるだろう。君のパートナーの僕は、クリーヴランドにごまをする君が許せないから、君に対して冷酷な気分だ。僕はしばらく君と距離を置いて、ただの友人になろう。それが君の望む形なら、互いの希望も合致する」

穏やかに喋っているが、レスリーには、ジェラルドの怒りがよくわかった。

謝ったほうがいいと感じるのに、どうしても、自分の非を認められない。

誰と付き合うのも自由。どんな立場の人間でも、それが当たり前じゃないのか？　どうしてそれに口出しするのが当然みたいな態度なんだ？　僕はあなたの所有物か？

「そうなのか……じゃあしばらく僕ら、キスもハグもなしだね」

「そういうことになるな」

レスリーがキスをすると、すぐに機嫌を直してくれていたのに、ジェラルドはそれさえも、あっさり拒絶した。レスリーは自分が口にしたにもかかわらず、傷ついて動揺した。

間の悪いことに、いつも仲を取り持ってくれるセオドアは外出中だ。

最近、レスリーはクリーヴランドが嫌いでなくなった。なれなれしすぎるところはあるが、彼には人の話にきちんと耳を傾けて優しいアドバイスをしてくれる、感謝すると素直に喜ぶ、そういった素朴な人間くささがある。

だから、クリーヴランドの鼻を明かすよりも友達になろうと思っている。友達の説得ならば偏見をやめるかもしれないし、ジェラルドとも和解するかもしれない。

もちろん二人を和解させれば、校内での自分の評価も上がるという打算もある。

裁判所はパブリックスクール出身のアルファばかりのところだ。オメガには弁護士になる資格がないとは法律に書かれていないが、オメガが大学に籍を置いた実績すらないのだから、実現はひどく困難なことだろう。

いつか正体がばれて、オメガとして生きてゆかなければならなくなっても、夢を諦めないで済むように、少しでも自分の価値を高めておきたい。

そもそも、友人になるのなら、誰も傷つかないし損をしない。ジェラルドは何をそんなに怒る必要があるのか。野心的なところ？　何も持たないレスリーは自ら夢を掴み取りに行くしかない。生まれながらに全てを手にしているジェラルドには理解できないかもしれないが、ここまで非難されるほど、野蛮でも不実でもないはずだ。

「わかったよ、僕らただの友達でいよう。そのほうが僕も気楽だし」

挑発的な台詞にも、ジェラルドは返事の一つもよこさなかった。怒ったような、少し悲しんでいるような顔で、綺麗な青い目を濁らせて、じっとレスリーを見るだけだった。

「友人として、一つ忠告しておく。クリーヴランドに心を許しすぎるな」

「忠告痛み入るよ。けれど今のあなたより、クリーヴランドのほうがずっと友人らしい」

耐えられなくなって、レスリーは部屋を飛び出すと、シャワーを浴びて身を清めた。髪を乾かしてワックスをつけ、新しいシャツを出して身にまとい、気持ちを入れ替える。そして、こっそり窓から部屋を抜け出した。脱出経路はセオドアから教えてもらっていた。今は使われていない非難ばしごが、蔦に隠れてぶらさがっているのだ。

部屋を抜け出して、危険な足場を進むのは最高にスリリングで、少しだけ、ジェラルドから受けた、寂しさと悲しみを忘れさせてくれた。

レスリーは息をひそめて夜の道を小走りで進んだ。風が強くて夜の樹々がざわざわと揺れてまるで巨人の影のようだ。そのせいか、今日はやけに鼓動がはげしい。

ようやく3ハウスにたどりつくと、レスリーはクリーヴランドに言われたとおり入り口近くの窓を叩いた。ほどなくそこが開かれ、親しげな笑みを浮かべたクリーヴランドが現れる。

「一階は新入生たちの部屋ですよね」

「ここはハウスマスターの控室だよ。彼と僕は親しいんだ」

ここまであからさまに見て見ぬふりとなると、ハウスマスターを丸め込んだか弱みを握っているのではないかと穿ってしまうが、クリーヴランドは涼しい顔だ。

「シックスフォームのフロアは四階だ。僕はつきあたりの奥の部屋を使っている」

階段を登りながらクリーヴランドが説明する。

「ほかに何か面白い本はある？」

「んん、今のところ思いつかないな」

他にも良い本があるなら紹介してほしかったのだが、彼はそっけなく答えただけで会話を広げる気はないようだ。

夜遅く、二人きりだからだろうか。いつもの人当たりのよさを、今のクリーヴランドからは感じなかった。薄暗いホールの、鉄製の手すりに触れながら、階段を一段一段上がってゆく微かなきしみが不気味で、レスリーは不安を覚えた。

本にも勿論興味があるのだが、今日の目的はクリーヴランドと親交を深めることだ。わざわざここまで忍び込んだのに、相手が素っ気ないからといって尻込みするのも勿体ない。

今は廊下にいるから静かにしているだけで、部屋に行けば、いつものように笑ってくれるはずだ。

そう言い聞かせながらクリーヴランドの背中に従って進み、開かれた扉のなかに、レスリーは、何の警戒もせず足を踏み入れた。

クリーヴランドの部屋のなかは真っ暗だった。

「暗いね。非常灯はつけてないの？　僕らの部屋は、ドアのところを誰かが横切ったらランプがつく装置をつけているんだ。便利だよ」

闇に目が慣れるまで、レスリーは手持ちぶさたにクリーヴランドに話しかけた。

けれど返事はなく、明かりがつく気配もない。

「クリーヴランド?」

まだ部屋に入っていないのだろうか。不思議に思って振り返った瞬間、レスリーは肩を押されて、バランスを崩した。

「わっ!」

倒れた先は、ちょうどベッドの上だった。

「なに、どうしたの?」

スプリングが軋み、すぐ近くで、シー、と空気の抜けるような音がした。

「そういう芝居は必要ないよ、レスリー。あまり大きな声は出さないでくれ」

クリーヴランドの声だった。ぞっとするような凄みとともに密やかに命じてくる。

「どういうことなんだ? クリーヴランド」

「わからないふりをするのは操でも立てているつもりなのか?」

混乱するレスリーに乗り上げたクリーヴランドが喉の奥で低く笑う。それはあざけりの響きを孕んでいた。

「君のジェラルドは最近すっかり君に愛想をつかしているらしいじゃないか」

「どうしてそこでジェラルドの話になる?」

レスリーは眉を寄せたが、つぎの言葉でやっと理解できた。

「レスリー。僕に乗り換えるつもりか？　今なら僕をギデオンと呼んでもかまわないよ」

ちかり、と音がして、枕元の読書灯がともった。信じられないほどの近さに、クリーヴランドの顔がある。

レスリーは目を見開いた。彼はつまり、誘っていたのだ。

咄嗟に逃げ出そうとした。けれどいつのまにか、両手はしっかりと拘束されている。

「まさか……校内での恋愛は禁止なんだろう？」

どうしようもなく震える声でレスリーが訴えると、彼は低く笑った。

「まさかそこまで世間知らずなのか？　アルファ同士の絆も知らない？」

クリーヴランドがそう言って、レスリーの頬を撫でるから、ぞっとして、必死でもがいた。それなのに、かすかにつまさきがシーツをめくった程度で、わずかたりとも逃れられない。今やレスリーは蜘蛛《くも》の巣に囚われた羽虫も同然だった。

「君のこと、オメガのように臆病なおちびさんだと思っていたが、ジェラルドから僕へとあっさり乗り換えようと恥知らずにも尻尾を振ってくるのは尻軽のベータのようだ」

喋っているうちに、クリーヴランドの顔に、捕食者の残虐《ざんぎゃく》さが浮かび上がってくる。それはこちらを人とも思わないような、心底軽蔑したような表情だ。

「僕はそんなつもりじゃなかった……」

震えながらレスリーは言った。

「そうだね、君は知らなかった、そういうことにしてもいい。君は勉強のできる賢さがある。その知識量には敬意を払う。だから僕はアルファの友人として、夜、僕の部屋を訪れた相手として、君に対応している……僕に体で気に入られようとする相手と同じように」

レスリーの肩に、クリーヴランドの指が食い込む。

彼のバランスのいいスタイルはすらりとして見えるが腕力の差は歴然だ。レスリーは息すらまともにできずに、竦み上がった。自分ひとりでは、これはとうてい逃げ出せない。

クリーヴランドが、ゆがんだ笑みを張り付けたまま、レスリーに顔を近づけてくる。

「君のつけている香水、なのかな？　いやらしい匂いがするから気になっていたんだ」

獣のように首筋の匂いをかがれる。まさかオメガだとばれているのだろうか。絶望に視界が暗くなる。

「ジェラルド……」

「今更捨てた相手の名前か？」

親しみを感じたこともある眼差しは、今はただ暴力の喜びにぎらつくばかりだ。

そのとき、扉が派手に叩かれた。

「クリーヴランド！　出てきてくれ、急用だ」

切羽詰まった調子に、クリーヴランドは怪訝そうにしつつもレスリーから体を離した。

「動くなよ」

低くレスリーに告げて、ベッドから降りると、なにごとだ、と扉をあける。

レスリーの視界に彼がいたのは、そこまでだ。

鈍い音がしたかと思うと、彼は床にくずおれた。

「ローズ、無事かい？」

冷静で穏やかな口調に、一瞬ジェラルドが来てくれたのかと期待したレスリーは、もっとすらりと張り詰めたシルエットに、思わずがっかりした。

「サイモン・クロフォード？」

そのとおり、とばかりに、サイモンは鹿のような黒い目をぱちりとまたたかせた。

「セオドアから頼まれたんだ」

「……クロフォード、君、自分が何をしたのかわかっているのか？」

足元で唸り声がしたが、サイモンは気にしていない様子で肩を竦めた。

「クリーヴランドさん、僕はあなたが同級生をレイプしようとしたのを止めたのですよ。感謝するところでしょう？」

完全に優位な声で、サイモンはクリーヴランドに告げると、レスリーに視線を戻した。

「部屋まで送るよ。皆心配している」

一転して優しい声だった。もう何も心配いらないと、心からの優しさのにじむ声。

レスリーは安堵と恥ずかしさで俯いた。

サイモンに保護されて部屋に戻ると、心配そうなセオドアと、険しい顔をしたジェラルドが、レスリーを出迎えた。

「何をしているんだ？　君がそんなに軽率な人間だとは思ってもみなかったよ、ローズ」

ジェラルドは、真っ先に詰め寄ってきて、厳しい声でレスリーを責めた。

レスリーは、一番会いたかったジェラルドに、やっと会えた嬉しさもつかの間、頭ごなしに叱られて、心臓が凍りそうだった。

そもそもレスリーはクリーヴランドと友人になれたという思い上がりを踏みにじられて意気消沈し、自己嫌悪と、何よりひどく恐ろしい目に遭ったショックで弱り、もはや立っているのがやっとの状態だ。

「違う、僕は知らなくて」

それでも負けず嫌いが災いして反論したら、さらにジェラルドの神経を逆撫でしてしまったらしい。

「知らなかった？　僕は君に忠告したはずだよな？　その頭の横の穴は飾りか？」

声を荒げたジェラルドに、レスリーは完全に体が竦んで頭が真っ白になってしまった。

「ヴィンセント、ローズは怖い目に遭ったところなんだぞ」

サイモンの制止にも、ジェラルドは耳を貸さず、青い顔をしたレスリーを睨みつける。

「怖い目に遭った？　自分で足を向けておいて？　クリーヴランドにあれだけつきまとって、部屋に誘われて行くなんて、手を出してくださいと言っているようなものだ」

「ヴィンセント」

セオドアもジェラルドを咎める。けれどすっかり彼は頭に血が上っているようだった。

「クリーヴランドも災難だな。こんな恥知らずに目をつけられて。君は君の親しい人たちに迷惑をかけただけではなく、このハウスの名誉を汚したんだぞ、自覚はあるのか？」

「おい、やめろよ」

「僕は恥ずかしかった。君には失望したよ。顔も見たくない。僕にしばらく近づくな」

言うだけ言うと、ジェラルドはドアを荒々しく閉めてさっさと出ていった。

「なんだ、あいつ、酷いことを言うな」

セオドアはジェラルドの物言いに腹を立てて、レスリーを慰めようと声をかけてくれる。

サイモンも、レスリーを心配して、しばらくそばについていてくれた。

レスリーは彼らに微笑んで、大丈夫だと繰り返した。けれど実際はすっかり気が動転してしまっていた。ジェラルドに、あんなに冷たい目で見られたのは初めてだった。怒るとあんなに怖いなんて知らなかった。彼の優しい顔しか知らなかった。本当に、何も、何も知らなかった。今まで自分がどれほど彼に甘やかされていたか。考えるだけで涙が滲みそうで、レスリーは、必死になってそれを堪えていた。

翌日、レスリーが部屋を出ると、偶然にもジェラルドと鉢合わせた。

無視されるかと思ったが、彼はおはようと、単調ながらも挨拶をしてくれた。

「昨夜のことで」

けれどその目は相変わらず冷たい。

「クロフォードは処罰を受けるようだ。幸い、退学にはならないが謹慎だよ。君を助けたせいでね。クリーヴランドにも敵視されてしまった。彼はこれから大変だろうな」

強烈な嫌味を言われて、レスリーは彼の顔を見ることもできず床に視線を逃した。

「……申し訳ないと思っている」

「僕のほうでもクロフォードの処罰を軽くするよう頼むつもりだ。もう二度とこんなバカなことはしないでくれ」

「わかっている」

蚊の鳴くような声で言ったレスリーを、慰めるわけでもなく、言いたいことだけ言ったあとは、さっさと背を向けた。

おはようのキスもない。頬を撫でるときの、あのとろけるような微笑みも。

失って初めて、その大事さがわかるのだと、言ったのは誰だったか。

どうしよう。どうしたらいいんだろう。

僕は、彼の愛を失ってしまったのだろうか。

レスリーは途方に暮れてしまった。


……06……


レスリーがクリーヴランドにすり寄って起こした騒動は、校内にまたたく間に広まった。

レスリーはジェラルドを裏切り、クリーヴランドに色仕掛けをして、助けようとしたクロフォードは謹慎処分を食らった。

これが他人の噂なら、厚顔無恥《こうがんむち》な生徒もいたものだと顔を顰めただろうだが、残念ながらそれは自分だ。

何て馬鹿なことをしてしまったのだろう。レスリーは肩を落としていた。恥ずかしいし情けない。これからどんな誹《そし》りを受けるにしても、身から出た錆《さび》だ。覚悟を決めよう。

戦々恐々《せんせんきょうきょう》としながらも態度には出さないよう、レスリーはこれからも堂々と学校生活を送るべく気持ちを奮い立たせた。

けれど、ふたを開けてみれば意外にも、周囲はレスリーに同情的だった。

レスリー・ローズは冷静で博識だが、驚くほど世間知らずだということは、校内ではすっかり有名になっていたらしい。

クリーヴランドのお茶会に同席した面子も、レスリーの雑談は穏やかで無邪気そのもの、色仕掛けのような大人の駆け引きなどできる性格ではないと証言してくれていた。

だからクリーヴランドの件も、レスリーがここでの暗黙の了解を知らずにやらかしたことなのだろう、というのが大多数の意見だった。さすがは頭のいい生徒の集まる学校だなと、レスリーはこの流れに、他人事のように感心した。

だが、皆に自分がそこまで世間知らずだと思われていたのは甚《はなは》だ不本意だ。

もちろん、合理性を最優先するアルファたちがレスリーを糾弾《きゅうだん》するよりも擁護《ようご》に走ったのは、ただ正義をなしたかっただけではないようだった。

彼らにはレスリーを糾弾するよりも優先したいことがあったのだ。

「なあ、だから頼むよ」

今日もレスリーはクラスの知り合いからこんな訴えを受けた。

「社会学のクラス、五人しかいないんだ。そんななかでずっと不機嫌なヴィンセントの側にいるなんて、胃に穴があいてしまう」

彼らは、ジェラルドの不機嫌を、レスリーにどうにかしてほしいのだ。

ここ数日、不機嫌を撒き散らしていると噂のジェラルドは、もはや生物兵器の扱いだ。

彼が食堂に入ってくると、他の生徒たちはストレスのあまり何を食べているのかわからなくなるし、授業には集中できず、発表のさいに声が上ずってしまう。

「彼はアルファの中でも特に強いから、あんなふうに剣呑でいられると困る。教師やハウスマスターすら、ジェラルドに注意ができないときている」

「彼があんな状態では、こちらも怖くて勉強の指導もお願いできないし」

知人たちの願いに、レスリーは毎回、眉を下げてかぶりをふるしかなかった。

「僕だってどうにかしたい。でも、ヴィンセントはすっかり僕に腹を立てている。僕が声をかけたら、いっそう悪化するだけだ」

その証拠に、最近ほとんどジェラルドの気配を感じない。自習もティータイムも聖霊降臨祭の企画室でとっているらしく、部屋には眠るためだけに帰っているようだ。朝も早く、食事の席もいつのまにかレスリーから遠い場所に移動していた。

つがいではなく、友達のように接する、と言ったはずなのに、これではまるきり他人だ。けれどそれをジェラルドに抗議することが、レスリーには難しかった。

クリーヴランドと仲良くしようと近づいたことが、誘いをかける意味を持っていたのならば、つがいのジェラルドに対する裏切りだ。

それでも何度かは勇気を出して謝りに行こうとした。けれどジェラルドの姿を遠目に見るだけで、あの怒ったときの冷たい眼差しを、再び向けられる気がして足が竦んでしまう。

最近は、つがいの絆を通して感じていた彼の心すらわからない。

ときどき見かけるジェラルドの身なりはいつも綺麗だ。レスリーが隣にいたときより綺麗に見える。爪の先まで整えて、柔らかな金の髪に光をまとわせ、眉間に皺を寄せるような感情は見せない優雅なやりかたで、研ぎ澄まされた刃のごとき不機嫌を香のようにふりまいて、すれ違う人をみな振り返らせ、萎縮させつつ通り過ぎてゆく。

ジェラルドはもはや、レスリーにはとうてい届かない、何か美しい生き物になってしまったように感じられた。

ジェラルドとは、もう仲直りができないのかもしれない。

もう二度と彼の、甘い微笑みが自分に向けられることもない。そんなことを考えて怯えてしまう日々。次第に食欲が落ちて、夜も寒くて眠れない。

寝台にじっと横たわっているあいだ、レスリーが考えていることは、ジェラルドのことだけだ。彼がレスリーとつがいを解消して、もっと従順で美しいオメガとつがいになる。

そんな受け入れがたい展開ばかり想像して、悲しみとさみしさでどうにかなってしまいそうな胸の痛みを必死で押し殺している。

こうなってしみじみ実感するのは、やはり自分はオメガだということだ。ジェラルドと、友人ならば、きっと今頃わだかまりもなく和解していただろう。けれどジェラルドは、自分のつがいだからこんなにも怒っているのだ。

それが、本当にショックなのに、同時に嬉しく思っている。

これほど腹を立てるほど、ジェラルドは自分をつがいとして愛してくれていたのだ。

彼の友人になら、何人だってなれるだろう。けれどつがいは一人だけ。

結局、自分はジェラルドの特別でいたかっただけなのだ。つがいなど、オメガだったら誰にでもなれるような存在でいたくなかっただけなのだ。

ただそれだけの単純な理由に、どうして今まで気づかなかったのだろう。

自分の価値を認めてもらうことにばかり必死になって、バカみたいなプライドで彼の愛情を拒絶して、踏みにじってしまった。彼の理解と協力があったからこそ、レスリーは夢を追ってこれたのに、薄情にも、そんなことも忘れていたなんて。

今すぐにでも、彼のそばに行きたいとレスリーは思う。彼の声を聞きたい。彼の温度を感じたい、彼の匂いを感じたい。謝って、許しを請いたい。

こんなに強い気持ちがあるのに、手放したのが自分だなんて。


「眠れているのか？」

心配そうな白い指が、レスリーの目元を撫でる。

はっと我に帰ると、テーブル越しの席に、セオドアが腰掛けていた。自習室の窓から忍びこむ月の光が、セオドアのくせ毛を銀色に輝かせていて、一瞬ここは夢の世界かと思う。

「あいつのせいだろ、ジェラルド。あの頑固者め」

「いいんだ。僕のせいだし」

最近、セオドアはレスリーを心配して夜遊びをしない。逆にサイモンが部屋に忍びこんできて、楽しい話をしてくれることもある。

「ひどい隈《くま》だよ。かわいそうに」

今日はサイモンはいない。彼が不在のときのセオドアは、やたらレスリーをかわいがりたがる。きっと恋人と離れているのが寂しいのだろう。

アルファ同士の絆の上に芽生えた友情でもなく、アルファとオメガのようにつがいになれるわけでもない。不安定で、互いに手を伸ばし合った時だけ結ばれる、アルファとベータの恋人たちの深い思いやりはレスリーを癒やしてくれた。

レスリーは、彼らの関係を、自然で健康的だと思う。

けれど自分は、彼らのようにはなれないということも知っていた。もっと根源的で、どろどろとした欲望で、結ばれていたいという欲求がある。

「僕にできることは何かない？」

優しい言葉に、レスリーはふと、顔を上げた。

「だったら、ひとつ、お願いしたいことがあるんだ。恥ずかしいんだけれど……ジェラルドの部屋の鍵持ってる？」

セオドアがきょとんと首を傾げる。

「ジェラルドは部屋に鍵なんてかけたことがないよ。いつでも侵入しほうだいさ」

さすが器が大きいだけある。彼らしいな、とレスリーは妙に納得した。

考えてみれば、レスリーがジェラルドの部屋に入ったのは、もさもさの彼を紳士に変身させたとき以来だ。

一歩、足を踏み入れただけで、レスリーは部屋中に満ちる彼の気配に、肺から溶けてしまいそうだった。一緒にいるときはほとんど意識しなかったけれど、ジェラルドの体臭はレスリーにとってほっとして、前向きな気持ちになれる、とてもいい香りだった。

ジェラルドの頭の中は様々な知識に満ちているが、意外に部屋の物は少なかった。

「何をとる？」

戸口で見張っているセオドアが、好奇心旺盛に問いかけてくる。

「何がいいかな。なくなると困るものじゃ不便だろうし」

「ちょっとくらい懲らしめてやりなよ。最近のレスリーは大人しすぎるよ。もっとあいつに噛み付いてやらないと。ヴィンセントは面の皮が分厚いからびくともしない」

「まあそうだね。なくなったら困るもの……」

セオドアの愚痴を上の空で聞き流しながら、レスリーは部屋を見回した。時計を盗んで、ジェラルドが寝坊したら困るし、筆記具も、拘りがあるようだからだめ。枕はかなり魅力的だが、寝違えたら可哀想だし……。

「そうだ、これがいい」

レスリーはひとりごち、棚の隅に飾ってあったテディベアを抱き上げた。それは自分がもらったものと同じメーカーの、もっと古いモデルだった。ジェラルドがいまだテディベアと眠っているかどうかは知らないが、彼がいないせいでレスリーは寝不足なのだから、これくらいは奪ってかまわないだろう。それにレスリーのテディだって、日中一人でお留守番しているのだから連れが必要だ。

「お待たせ、決めたよ」

そう言ってレスリーがジェラルドのテディベアを掲げてみせると、セオドアは、悪い男だなあ、と口角を上げた。

その夜、レスリーは寝台に横になると、ジェラルドのテディベアを抱き寄せた。

ぬいぐるみの繊維のなかに鼻を埋めると、野生の蜂蜜みたいに、荒々しくも甘く、いつまでもそこに埋もれていたい匂いに満たされる。彼以外にはありえない匂い。

大きく息をすい、その残り香で肺を満たすと、ひさしぶりに胸の奥が暖かくなった。

悲観的だった気分が持ち直し、明日こそジェラルドに話しかけようと勇気が出てきた。

同時に体から余計な力が抜けて、まぶたが重くなり、頭の芯が霞んでゆく。

そうやって、レスリーは久しぶりの眠りに沈んでいった。

人間は一度味をしめると欲深くなる。そして一度欲を知ればもう後には戻れない。

ジェラルドの香りは一日も過ぎると、ほとんど消えてしまった。

レスリーはふたたび眠れない夜を過ごし、今度は単身でジェラルドの部屋に乗り込んだ。

手にとったのは、一昨日目をつけておいた枕だ。

あれだけ頑丈そうな、太い首をしているのだから、きっと枕なんて必要ないだろう。

そんな言い訳をしながら部屋に持ち帰る。

予想通り、枕の放つ芳香は棚に飾ってあるだけのぬいぐるみとは別格だった。

レスリーは枕にしがみつくようにふかぶかと呼吸して、脳がしびれるような幸福感にうっとりとした。これならしばらくは満足できそうだ。

けれどレスリーのジェラルドの物品盗難癖は、それで余計に火がついてしまった。

翌日の昼にはすでに落ち着きがなくなり、ティータイムに彼の部屋に忍び込んだ。

次の狙いはノートだ。ジェラルドはメモ魔なので、思いついたときに書き込めるように、枕元と机の上に小さなノートを置いてある。それを拝借する。

黒い表紙を開くとクリーム色のページの上に、ジェラルドの流麗《りゅうれい》な筆跡が滲んでいる。

彼の筆記体は独特の乱雑さと奔放な美しさがあった。その形や質感を指先で辿ったあと、枕と同じように、鼻を近づけて匂いをかいだ。ジェラルドが気に入って使っている、かすかにスミレの香りのする濃紺のインクと、パルプ、それからノートを綴る接着剤の匂い。ジェラルドの生活をとりまく匂い。

その夜は、ジェラルドの長い指が持つ金のペン先が、紙をひっかく音を夢に視た。

今のところ、部屋から物がなくなっても、ジェラルドからの反応はなかった。気付いていないのか、それとも物に執着がないのか。

僕にももう、用がなくなったのかもしれない。

ふと、浮かんだ想像に、レスリーはぶるぶると震えた。レスリーは結局、いまだにジェラルドと、ろくに喋っていない。

唯一の会話は昨日のことだ。偶然にも廊下で鉢合わせしたとき、固まるレスリーに、ジェラルドがおはようと挨拶してくれたのだ。

それだけでレスリーはなんだか、体も気持ちもくにゃくにゃになってしまって、半日ほど上の空になってしまった。こんな状態で、ジェラルドと普通に会話をしたら、何口役立たずになるのかと思うと怖くて、声がかけられなくなってしまった。

勉学に支障が出るのはまずい。

それからも、レスリーの不安に比例するように、収集物は日に日に増えていった。次はハンカチを、その次は写真を。一日置きは毎日になり、半日になり数時間おきに。

そして最初こそ、レスリーなりの遠慮で盗むものを選んでいたのに、今や大胆不敵に、傘や靴などまで持ってくるようになった。昨日などは脱ぎたてのパジャマを盗った。ジェラルドが歯を磨きに部屋を出た隙に奪ったのだ。

まだジェラルドの体温が残っている布地に、レスリーはひどく興奮して、発情期でもないのに自慰をしてしまったほどだ。

いったい、僕はどうしちゃったんだろう。

発情期でもないのに狂いそうだ。まるで腹の奥で、熱い蛇がとぐろを巻いているようだ。あんなに嬉しかった授業にも心が踊らない。ジェラルドのいない世界はまるで色がない。食べるために口をあける隙すら惜しんで、ずっとジェラルドのことばかりを考えている。ジェラルドのこと以外には、感情の起伏は平坦で、ぼんやりしていることが多くなった。

「ところで今、君の部屋はいったいどんなことになっているんだろうね」

だからある日セオドアがそう尋ねてきたときも、レスリーは驚かなかった。

「チョコレートはどう？」

「いただくよ」

宝石のようなチョコを一粒、レスリーが口に運ぶのを待ってから、セオドアは続けた。

「あれからもジェラルドの持ち物を、色々盗んでいるんだろう？　今日のジェラルドなんて下級生のときのネクタイをしめていたよ」

「ネクタイはちょうどいいんだ。飾っても綺麗だし、ジェラルドの首筋の匂いがよく染み込んでいて」

からっぽの胃に甘いチョコが染みて、レスリーはしばらく瞑目《めいもく》し、ゆっくりと息をした。

「ローズが匂いフェチとは知らなかったな」

興味と心配がまじり合った顔でセオドアが苦笑する。

調子の悪いところを散々見せているので、セオドアは、レスリーがジェラルドに抱く感情が、親戚に対するものではないことくらいは承知してくれているのだろう。

「もうすぐ二人目のジェラルドが出来上がるんじゃないかってくらいに集まっている」

ジェラルドに怒られた日から、半月が経過していた。その期間を、驚くほど長く感じる。

ただ、ここ最近は部屋がジェラルドのものに満たされているので、そこそこ気分は安定していた。彼が自分のものがどこに行ってしまったのか、不思議がっている姿を想像すると、ふわふわと楽しい気持ちにすらなった。

「ジェラルドの不機嫌も治ってきてるよ。そろそろ折れるんじゃないかな」

「そうだといいんだけれど」

言いながら、レスリーはそわそわとしていた。最近は、授業以外はずっと自室に籠っている。狭い場所にいるほうが落ち着くのだ。早く部屋に戻りたい。ジェラルドの気配がたっぷり残ったものに埋もれて、胎児みたいに丸まって、じっとしていたい。

「よかったらうちの部屋がどんな酷いことになっているか見に来ないかい？」

だからレスリーは、セオドアをつれて部屋に戻ることにした。彼ならレスリーの神経にさわるようなことはしないだろうし、信頼していたから。

けれどドアをあけて、中を見せると、セオドアは息を呑んだ。

確かに驚くようなことになっているかもな、とレスリーは他人事のように思う。

ベッドの上には、あらゆる雑貨が積まれていた。ジェラルドの持ち物でできたその山は真ん中が窪んでいて、そこに体を隠してじっとしていると、とても落ち着くのだ。

「その……あんまり清潔じゃないかもしれないけど、落ち着くんだ」

考えてみればこれらは洗濯もしていないし、不潔だと思われているかもしれないと、今更気づいて、慌てて言い訳をする。

「いや、そういうことで驚いているんじゃないんだ、レスリー」

セオドアの顔に嫌悪は浮かんでいなかったが、深刻な表情だった。

「もしかして、君はオメガなのか？」

思いがけず正体を暴かれて、レスリーは驚いた。

「あ、ああ、怯えないでくれ、大丈夫だから。信用してくれ」

真っ青になったレスリーに、セオドアは慌てて、座るように促した。

レスリーは一瞬、逃げ出そうかと思ったが、彼が何を原因にレスリーの正体に気づいたのか知っておくべきかと、セオドアの言う通りにした。

「……どうして、わかったんだ？」

「ということは、僕の読みは当たりってことか」

セオドアはレスリーから充分に距離を置いて、椅子に腰掛けた。

「アルファとつがい関係を結んだことがあるオメガが、そのアルファから離れているときに発情期になるとこういう巣を作るんだよ」

「巣？」

「アルファの持ち物を集めて寝台に積み上げる行為のことだ。安心していい。オメガが巣作りをするのは特殊な状況だから、アルファはほとんど知らない。ただ僕の兄が死んでしまって、伴侶のオメガとのつがいが解消されてしまったときのことを覚えているんだ」

セオドアが、懐かしむように眉を寄せる。

「兄がいなくなってすぐ、彼女は兄の持ち物で、こんな巣を寝室に作った。そしてその一週間後くらいに、発情期に入った。きつい症状だったみたいだ。そのときのフェロモンはつがい相手だけではなく、全てのアルファを惑わせるものだった」

セオドアは当時のことを思い出したのか、辛そうに目を眇めた。

「君はその……ジェラルドとつがい？」

「うん」

レスリーはセオドアが教えてくれたエピソードに不安を覚えながら頷いた。

「実は少し、気になっていることもあるんだ、レスリー」

それから言いづらそうに、セオドアは続けた。

「君は何か、香水をつけているのか？　最近、君からひどく甘い香りがする」

「香水などなにも……」

反論しようとしたとき、背筋をぞくぞくと駆け上がる悪寒に、レスリーは瞠目《どうもく》した。

それはあまりにも覚えがある感覚だった。これは発情促進剤を打たれて、強制的に体の熱を高められたときのものにひどく似ている。

「……セオドア、僕、まずいかも」

できるだけ体を小さくしてうずくまり、レスリーは声を上げた。

「そうみたいだね」

セオドアは立ち上がった。その顔が少し赤くなっている。

「君、フェロモンが出はじめているよ。僕にも効いている」

今まで聞いたこともないような、抑えた声で彼が言う。

「そんなはずはない、僕はジェラルドとつがいになっているから、フェロモンが出ていたとしても、君にわかるはずが……」

ひとつの可能性に気づいて、レスリーは愕然とした。

愛で結んだ絆が消えてしまえば、つがいの関係も消えてしまう。

ジェラルドはもしかして、僕に愛想を尽かして、つがいを解消してしまったのだろうか。

その想像はレスリーをひどく打ちのめし、反比例するかのように、体が強い熱を持つ。

まるで下半身が爆発したかのようだ。

「そこから出たらだめだ、レスリー」

よろめきながら、セオドアがドアノブに手をかける。

「ジェラルドを連れてくる。彼なら対処法を知っているんだろう？」

「わからない、セオドア……」

急激な体の変化にべそをかいたレスリーが引き止めるより早く、激しく扉が閉ざされる。

セオドアらしくない余裕のなさに、レスリーはそれほど発情の匂いが酷いのだと察した。

「絶対にここから出るんじゃないぞ！　窓を全て閉めて、鍵もかけるんだ！」

扉の向こうからセオドアが重ねて釘を刺してくる。

言われなくても、動けなかった。それでも這うようにして窓と扉に施錠する。苦労して全てを閉ざしたと同時に扉がノックされて、レスリーは驚いた。

「どうかしたのか？　何か、香水でもこぼしたような匂いがするんだけれど」

扉越しの声に覚えはないが、おそらくこのハウスのアルファだろう。

何でもないように装っているが、香水の匂いがしたからといって、わざわざ屋根裏のフロアまで来ないはずだ。

「なんでもない！　一人にしておいてくれ！」

レスリーは体をできるかぎり小さくして息を殺した。

「そうは言うけど……大丈夫なのか？」

続いて、階段を駆け上がる音がする。数人の気配だ。皆がレスリーの匂いに引き寄せられているのだろう。

「具合の悪そうな声だけれど、医者を呼んだほうがいいんじゃないか？」

「どうしたんだい、このフロア、すごい匂いがしているけど」

廊下が騒然としつつある。

いくらレスリーが、何でもない大丈夫、一人にしておいてくれ、と繰り返しても、扉の向こうの声を無視していても、扉はノックされ続けた。

部屋の前に集まるなんて、歓迎される行為ではないとは思わないのだろうか。いくら離れてくれと訴えても、誰も立ち去ろうとはしない。

どうしてこんなことになったのだろう。そうだ、ジェラルドが僕と離れて……本当につがいを解消してしまったのだろうか。それで体が暴走している。誰でもいいから繋がる人が欲しいと叫びはじめている。本人の気持ちも置いてけぼりにして。

僕の気持ち、ってなんだろう。

ふいに、ぶわりと溢れた涙で視界が滲んだ。

僕は捨てられたのだろうか。アルファの中に取り残されたのだろうか。

急に何もわからなくなってしまった。一体自分が何を怖がっているのかすらわからない。

本当のところ、レスリーに恐れることなど、あるのだろうか。もしこのまま他のアルファに襲われることになろうとも、この学校を去ることになろうとも。

もう、ジェラルドが僕を好きじゃないのなら、もはや全てを失ったのと同じじゃないのだろうか。僕はいったい今まで何を頑張ってきたんだろう。馬鹿みたいだ。

ローズ、だいじょうぶ？　中にいるんだろう？　レスリー・ローズ？　困ったな、中で倒れているのかな。扉をこじあけて中を見てみる？

好き勝手言っている扉の向こうの声を、レスリーは呆然と聞くばかりだ。もうだめだ、と、どこかで諦めつつあった。目を閉じて、寝台に鼻をうずめると、まだ残るジェラルドの匂いが少しだけ慰めてくれる。

香りと暗さの中にいると、現実が遠ざかってゆく。そしてふと、机の脇に、クリケットのバットが置いてあることを思い出した。

レスリーは震える手でそれを握る。扉に向かって身構えると、悲しみが怒りに変わった。

だめだ、最後まで戦うべきだ。フェロモンに惑わされて股間を腫らして襲ってくるようなアルファはこのバットで殴ってやるんだ。そしてここを切り抜けたら、ジェラルドを見つけ出して、このバットで殴ってやる。僕を捨てた見せしめに、鼻の骨を折ってやる。それから気に食わないやつ全員殴ってやる。目が合ったやつ全員殴ってやる。完膚なきまでに、破壊してやる。僕をこんな運命に陥れた世界中を全力でぶっこわしてやる。

闘争心で性的興奮を抑え込んでいると、急に窓の外で、どうん、と鈍い爆発音がした。

なにごとかと固まっていると、やがて扉の向こうが静かになり、代わりに聞き慣れた声がした。

「無事か、レスリー」

名を呼ぶその声に、レスリーはへたりこんだ。

「……ジェラルド」

「ここをあけてくれないか？」

それは唯一無二の、愛おしいアルファの声だ。その声から、焦りと、レスリーを想う気持ちが伝わってくる。ここ最近の、何の興味もない、冷たい声ではない。

それだけで震える手足に神経が通り、力が湧いてくる。

「怒ってないのか？」

「怒っていない。僕が悪かった」

しんしんと悔やむような声だった。レスリーは転がるようにして扉にすがりついた。

「反省しているんだ、頼むからここを開けてくれ、君が心配で……」

扉が開かれ、ジェラルドの青い目がレスリーを映し出す。どこをどう走ればそうなるのか、ジェラルドの髪はぼさぼさで、ジャケットもはだけたままだ。

一瞬、レスリーはバットを握り直した。けれど結局はそれを投げ捨てた。

「ジェラルド！」

力任せに、愛しいアルファにかじりつく。

「いつまで僕をほったらかしにするつもりだよ！」

「冷却期間を置いたほうがいいかと思って」

焦ったように喋りながら、ジェラルドが部屋にすべりこみ、後ろ手に鍵をかける。とたんに彼の匂いが、部屋中を満たす。全速力でやって来たのかジェラルドは汗ばんで肌はしっとりとしていて、その新鮮な体臭は、レスリーの肌にまで染み込んできそうだった。

「殴ってやろうって思っていた」

ジェラルドの、生の匂いを肺にとりこみつつ、レスリーは唸った。これはたまらない。

腕の力をこめて、レスリーは彼の首筋にすり寄りながら囁いた。

「でも僕を捨てないで、ジェラルド」

訴えは、思った以上に切実だった。この数日、とても辛かった。ジェラルドの破片をかき集めて、部屋の中はこのありさまだ。

「捨てるわけがないじゃないか。君は僕のつがいだ」

レスリーの、あふれる気持ちをこめた告白を、わかっているのかいないのか、ジェラルドが呆れたように言う。けれど、その両手は、レスリーをしっかり抱き返してくる。

「だったらもっとちゃんと面倒みろよ、くそったれ」

「悪い言葉を知っているものだね、レスリー」

ジェラルドはレスリーの背中をゆっくりと撫でて、体から震えが去るのを待ってくれているようだった。

「どうだい、少しは落ち着いたかい？」

「うん……」

言われてみれば、さきほどまでの酷い発情の兆候はずいぶん収まっていた。

「自分で少しは動ける？」

頷くと、ジェラルドはレスリーの手を引いて立ち上がらせた。少しふらつくものの、動けないほどではない。

「このままハウスの外に行けるかい？　もうすぐ救急車が来る」

「えっ」

ここまで来てもらえないのかと戸惑っていると、ジェラルドが真剣な表情をした。

「レスリー。今はなんとか誤魔化せるが、君のフェロモンで騒ぎになったから、おそらく君がオメガだということはもう隠せない。だが、発情期のオメガが言われるほど危険では

ないということを証明すれば、学校に戻れる可能性はある」

「……どうやって」

「自分の足で救急車に乗るんだ。できるだけ平気そうな顔をして」

「無理だ」

考えるよりも先に口が開いた。先程、レスリーの発情の気配に、扉越しに多くのアルファが集まっていたのだ。あの連中のなかを、まだ体の熱の引かない状態で行くなんてぞっとする。

「大丈夫だ、僕がついている。君は何も怖い目にあわない」

ジェラルドは、しっかりとレスリーの手を握って告げた。

「僕のつがいには、指一本触れさせない」

きらきらと目を輝かせてそんなことを言うものだから、レスリーは胸がときめいてしまって、拒否できなくなってしまった。


扉をあけて、廊下に出て、そろそろと階段を下りてゆく。

奇妙なほど、ハウス内からは生徒が消えていた。

「何で誰もいないの？」

「庭のテーブルセットがひとつ、爆発したんだ」

ジェラルドが、しれっと答える。

「あのときの火薬、役に立って良かった。どこにも処分できなくて持て余していたから」

ここぞと打ち明けるジェラルドに、レスリーは目を丸くした。もしかして自分たちが会ったときに彼が持っていたという火薬のことだろうか。そういえば、新しい環境に慣れるのに忙しくて、すっかり忘れていたが、彼は銅像を爆発させるためにオメガの島までやってくるような、とんでもない行動力と乱暴さを隠し持っていたのだったか。

「そうだった。あなたは過激なひとだった」

「そうだよ」

ジェラルドは、レスリーの背中をそっと押してエスコートする。そのやり方は、最初のころより格段に上手くなっていた。


ハウスを出ると、さすがに生徒が集まってきた。

「クロケット場のテーブルセットが爆発したんだって。花火でも置いてあったのかな」

その方角を見ると、薄水色の空に、確かに灰色の煙が立ち上り、仄かに火薬臭い。

「幸い、けが人はいないみたいだ」

遠目に見えるテーブルセットは、もう使えない程度には破壊されている。

「あれ、レスリー、大丈夫だった？　さっきすごい匂いがしたけど」

ふいに距離をつめた生徒のひとりが、レスリーの顔を覗き込む。

「うん、大丈夫……」

「レスリーは貧血で倒れていたんだ。転がったときに枕元に香水をぶちまけたらしい」

すかさずジェラルドがレスリーを引き寄せて生徒から距離をとった。質問してきた生徒はその様子に目を丸くしたけれど、追求はしてこなかった。

「そうなんだ。お大事に、レスリー」

「さっき、救急車が来ていたよ」

彼の隣に来ていた生徒は、本当に貧血だと信じ込んでいる様子で救急車を指さした。

「それはちょうどいい。乗せていってもらおう。教えてくれてありがとう」

わざとらしく感謝するジェラルドの手を握って、レスリーは急いでそこから離れた。

「ほら、気付いてはいなかっただろう?」

「……よかった」

得意げなジェラルドの笑顔。何もかもが夢みたいだ。


「ねえ、ジェラルド」

救急車の中で横たわり、オメガ用の抑制剤を打たれながら、レスリーは彼を呼んだ。

「んん、何だい?」

ジェラルドがレスリーの目を覗き込む。彼の手はレスリーのそれと繋がっている。指を通して感じるジェラルドの思いやりは、薬よりもずっとレスリーの体を良くしてくれる気がした。

「体が落ち着いたら、話をしたいんだ。ちゃんと話を……」

即効性だが鎮静作用《ちんせいさよう》のある薬のせいで、急激に眠くなるのに抗いながら、レスリーは声をふりしぼった。

「僕、やっぱりつがいでいたいよ。あなたに好きでいてほしい」

「わかっている、レスリー。心配させてすまない」

子供を寝かしつけるように、ジェラルドはレスリーの胸を優しく叩く。

「だいじょうぶ、僕はずっと、君のそばにいる」

「うん」

ジェラルドの言葉には、きっとそうなのだろうと信じられる力があった。

「たくさん話をしよう。色々なことを。人生は長いんだから……」

子守唄のようなジェラルドの声に身をゆだねる。

良かった。何がなんだかわからないけれど、とにかくジェラルドが戻ってきてくれた。

僕のもとに。

レスリーはようやく瞼を落とした。

……07……

病院で体調が落ちつき思考能力が戻ると、レスリーはすっかり悲観的になっていた。ジェラルドが予測した通り、ハウス中に漏れ出した香りの正体が、オメガの発情フェロモンだとばれてしまった。もはやレスリーがオメガだということは誤魔化せない。バラ色の学生生活もここで終わり。僕の輝かしい将来も。

踏んだり蹴ったりのレスリーだったが、良いニュースもあった。

ジェラルドは、レスリーとつがいを解消してはいなかったのだ。

医者の説明によれば、オメガの巣作りは、つがいのアルファが長期出張などでオメガのそばにいない状況で発情期を迎えると、まれに見られるのだという。つがいを解消したわけでもないのに、つがい相手以外にも影響を及ぼすようなフェロモンを撒き散らす症状は、つがいとの関係が良くない、自分もしくは相手が死にかけている、などの状況によるストレスが要因となり発生する。

「つまり、全体的に僕が悪いということだ」

診断を聞いたジェラルドは肩を落とした。

レスリーに与えられた病室は、最上階の角部屋だった。日当たりが良く快適な環境は、権力者が仮病のときや人間ドックを受ける際に使われる個室らしい。自分と同じベッドにアルファの中年たちが眠っていたと思うと嫌な気分だが、そこは目を瞑るしかない。

春が盛りを迎え、見舞いの花も色とりどりのなか、もぞもぞと始まったジェラルドの弁明によると、彼がレスリーから距離を置いたのは、冷却期間が必要だったからだそうだ。

「君がクリーヴランドの部屋に行くなんて、軽率な行動で自分の身を危険に晒したことに、僕は冷静さを失った。つがいの危機に直面してアルファの本能が警戒状態に入り、怒りや不機嫌、暴力の衝動などが抑えきれず、どうしても君のまわりで起こる事態を公平な目で判断できなくなってしまっているとカウンセラーから診断を受けた。これはオメガに暴力をふるうアルファによくある精神状態だと聞いて血の気が引いたよ」

それからのジェラルドはレスリーを傷つけないために、距離を保ちつつ守ることにしたらしい。

そもそも、レスリーがクリーヴランドに近づいたときにはすでに、ジェラルドはセオドアの人脈を利用して、それとなくレスリーの周囲を守らせていたそうだ。

レスリーの意思を尊重して、無理に行動を制御しないほうがいいだろうとの判断だったが、レスリーがクリーヴランドの部屋に、やすやすと連れ込まれて襲われかけたとなると冷静ではいられなくなったのだという。

「だったらその状況を最初に説明しておいて欲しかったよ。君の顔についてる、音の出る穴は飾りなのか？」

「アルファというのは先天的に嫉妬深いし独占欲が強いものなんだ。僕はこれでも我慢強いほうだと思うんだが」

謝るばかりでは割に合わないとジェラルドは口を尖らせる。

「君を見るとどうしても嫉妬でイライラしてしまう、なんてみっともなくて言えないよ。だから六月の祭典が終わるまではこの問題を保留にしておこうと思ったんだ。監督生の僕は、やることが多くて」

「つまり忙しくて放置したってわけだ。最低」

ジェラルドが喉をぐう、と鳴らす。レスリーは据わった目でジェラルドを責めた。

安心したとたんに、レスリーの利かん気の強さもすっかり元通りだった。

「あなたの雑さには呆れるよ。僕がオメガだってばれたら、あなただって立場が危ういのに」

「まあ、それは、そうだな」

ジェラルドは、のっそり頷いた。

「しかも未成年がつがいを連れ込んだときている。大問題だ。校長も共犯だ。学校が潰れいるか」

　冗談なのか本気なのか物騒《ぶっそう》なことを呟くから、レスリーは気が気ではなかった。

「僕のせいで、ジェラルドが退学になったらどうしよう……」

「いや、君は悪くない」

　自分のことだというのに、ジェラルドはずいぶんと冷静だった。

「問題を後回しにしたのは僕だし、つがいを不安にさせたのは僕だ。つまりこれは僕の責任だ。君を怖い目にあわせたし、恥をかかせてしまった」

「僕は恥なんて」

「でも、オメガであることを、恥じるようにはならないでくれ」

　ジェラルドはそう言って、レスリーの手を握ってキスをした。唇の触れる柔らかな感触に、レスリーは頬を染めた。

「恥じたりはしないよ……努力はする」

　ジェラルドはすっかり、レスリーを友達扱いするという宣言を忘れているようだ。だがレスリーはそれを指摘しなかった。ずっと思い出さなくてもいい。

「退学になって、親に見放されても、君は僕を見捨てない？」

　ジェラルドはレスリーの膝になつくように体を寄せて、いたずらっぽく見上げてきた。

もちろん、とレスリーは頷いた。

「僕が養ってあげるから大丈夫だよ」

心底本気で、レスリーはそう口にした。

オメガとばれた以上、もう学校に席はないだろう。弁護士の夢も諦めなければならない。オメガだから、どこにも雇ってもらえないかもしれない。けれど不思議と、どうにか上手くいくんじゃないかと思えていた。

ジェラルドが側にいるからだろうか、空からカエルが降ろうとも、きっと大丈夫。

レスリーは即退学処分にはならなかったものの、病院で謹慎状態だ。ゆくゆくは追い出されるのだろうな、とレスリーは思っている。

ジェラルドも処分が保留で、しばらくレスリーに付き合っていたが、三日もすると学校に戻ることになった。

せめてジェラルドだけは退学になりませんように。レスリーは祈った。ジェラルドにはきっと世の中を動かす力があるのだから、こんな場所で挫折《ざせつ》してほしくなかった。

レスリーの発作的な発情は薬で止められているが、念のために発情期の一週間は病室にとどまり経過を診ることになった。

病院を追い出されたら、行く場所はあるのだろうか。ヴィクターは今度こそレスリーを屋敷から追放するか、塔を作ってラプンツェルみたいに幽閉するかも。

それはそれとして、ジェラルドまで家を追い出されませんようと祈っていると、意外なことに、レスリーも復学して良い、という知らせが飛んできた。

戸惑いながら登校すれば、講堂へのアプローチで、ジェラルドが待っていた。

「良かった、レスリー」

軽く腕を広げるから、レスリーは彼とハグをして頬に挨拶のキスをする。

自然に交わされるその接触に、初めてこの学校に来たときのことを思い出す。期待と不安に押しつぶされそうになりながらも、決して弱みを見せまいと意地を突き通していた。ついい数ヶ月前のできごとなのに、過去の自分を微笑ましく、少し羨ましく思う。

それにしても。

「どうして復学できたんだ？」

レスリーが尋ねると、ジェラルドがにっこりする。

「皆を説得したんだよ。上手く言ってよかった」

「説得って……そんなに簡単にいくものなの？」

「真剣に訴えれば皆わかってくれるものだ」

あいかわらず、自分の実力を見誤っているのか過信しているのか、そのあっけらかんとした返事に、レスリーは呆れた。

セオドアから詳しく教えてもらったことのあらましは、だいたいこんな感じだった。

レスリーが復学する数日前、ジェラルドは全校生徒の集まる食堂で、レスリーは自分のつがいであると宣言した。

その当時、校内では様々な憶測がゆきかっていた。ジェラルド支持派は、彼はレスリーがオメガだと知らされないまま預かったのだと主張した。反対勢力は、ジェラルドは自分のオメガをハウスに連れ込むために父親の権力を利用したのだと主張した。

ジェラルドの告白は、反対派の主張を肯定するものだったので、周囲は騒然となった。

「しかし、皆、知っているだろう？　レスリーは我々よりも劣っていたか？」

ざわつく皆をものともせず、ジェラルドは堂々と宣教師のように言葉を続けた。

「成績が良く、運動神経も悪くない。小柄ではあるが、いつも堂々と我々と渡り合っていたのを知っているだろう。オメガは決して我々より知能が劣っているわけでもか弱いわけでもないということを、彼は我々に教えてくれた」

「確かに、アルファを色仕掛けでひっかける程度の知恵はあったな」

「だがあの淫売《いんばい》は、フェロモンを撒き散らして騒ぎを起こしただろう！」

ジェラルドは、周囲から飛ぶやじに、動揺ひとつ見せなかった。

「確かに今回の件では迷惑をかけた。しかしこれはレスリーのせいではない。彼のつがいである私が未熟でオメガに対して不勉強であったせいだ。おそらく今回の件がなければ、誰もレスリーの正体に気づかなかっただろう。オメガの抑制剤は有能だ。オメガはどこでもかまわずフェロモンを撒き散らすような生態を持っているわけではない」

「事故が起こる可能性があるってことだろう？」

　また誰かが反論する。

「その可能性があるというだけで、君らはオメガを拒絶するのか？　発情期に巻き込まれたとしても、我々の理性は完全に奪われるわけではない。当時5ハウスにいた人間はオメガのフェロモンを経験済みだから、尋ねてみればいい。今回の、レスリーの症状は発作的なもので、かなりフェロモンの分泌が多かった。我々アルファはオメガのそれに惑わされはするが、暴走するほどではなかった。証拠に、その後、庭で爆発事件があったさい、彼らはすぐにレスリーから離れて様子を見に行った。つまりフェロモンの誘惑は爆発以下。あの程度で事件が起こるのならば、襲うアルファのほうに問題がある」

　ジェラルドは断言した。

「オメガは発情期があり、性欲を誘発するフェロモンを出す。ただそれだけの理由で、学ぶ機会を奪われている。レスリーは成績優秀で奨学生の資格を得ていたにもかかわらず、オメガを理由に落とされたのだ。法律には、オメガを入学させてはいけないとは書かれていないのに。これは差別ではないのか？　私は若さによる過ちで、未熟な年齢でレスリーをつがいにしてしまった。その軽率なふるまいは後悔しているが、学びたいというレスリーのために、この学校へ彼を招き入れる手伝いをしたことは誇りに思っている」

ジェラルドは生徒たちを見渡した。もうやじは飛んでこなかった。

ほうっと息を吐いたあと、彼は最後の訴えを情熱的に述べた。

「オメガは決して我々より、知能が劣った存在ではない。学ぶ機会を奪われているだけだ。オメガは、決して皆を堕落させるような魔物ではない。我々と同じ人間だ。発情期も抑制剤でコントロール可能だ。それなのに産まれてすぐに親から引き離されて隔離され、アルファなしでは生きていけないと洗脳されている。我々の世代はこの冷血な所業の改善のために戦うべきだ。我々の過半数はオメガを親に持っている。オメガは我々の兄弟だ。我々は血の繋がりを重んじるというのに、なぜオメガに対してここまで冷たいのか、いまいちど考えてみるべきだ。オメガの現状を変えるのはアルファの責務だ。私はレスリー・ローズを支持している。彼の復学を求めている。どうか、協力してはくれないだろうか」


「……と、まあ、そんな感じだったよ」

セオドアは、言い切った！　とばかりに満足そうに席についた。

彼がやたらジェラルドそっくりに熱演するから、レスリーは恥ずかしくなった。

「堂々としていてかっこよかったな。ローズもあれを見たら惚れ直すに違いないよ」

「そうだな、でも、もう充分惚れているよ。彼はいい男だ」

二人の感想に、レスリーもしみじみと深く頷いた。

「ジェラルドはすごいな。政治家向きじゃない？」

「ジェラルドが聞いたら泣くな」

そんなことを言って、皆で顔を合わせて笑った。

その隣で、ジェラルドは苦い顔をして、こってりしたミルクティーで喉を慰めていた。


レスリーが復学した日、サザランドの生徒たちは、しばらく遠巻きにレスリーを眺めていた。彼がオメガだと知って、どう対処すればわからないといったふうだった。

その中で、勇気ある一人が、最初にレスリーに話しかけてきた。

「体の調子はどうだい？　僕、君と同じハウスなんだ。初めて発情期を経験したから、不勉強で、君を怖がらせてしまった気がする。申し訳なかった」

率直な謝罪だった。彼をきっかけに、ぱらぱらと、レスリーに声がかかるようになった。

「きみ、オメガだったんだね。全然知らなかった。これから君と付き合うのに、僕らが気をつけることがあれば教えてくれよ」

「大変だったね、レスリー。戻ってこれてよかった」

ほとんどが好意的な反応だった。そうでないものもいたが、遠巻きに睨んでくるだけで、こちらに危害を与えるつもりはなさそうだった。

全ての生徒からの声に、レスリーは丁寧に返していった。オメガであることを隠している間は、彼らを見返してやることばかりを考えていたのに、正体がばれた今のほうが、彼らの紳士的な対応が、素直に受け入れられた。

事実、オメガを邪険に扱うアルファなどごく一部であることは、レスリーだって知っている。けれど、確実に一部はいるならば、オメガは、アルファ全てを警戒しなかればならない。けれど今、レスリーは彼らを知っている。紳士は、性別が違うというだけで、むやみに敵意をむき出しにすることはない。

レスリーがゆっくりと進むあいだ、ジェラルドはずっと付き添ってくれていた。彼はコミュニケーション面倒臭い病を復活させて、ほとんど喋らなかったが、彼のおかげで、生徒たちが自分を受け入れてくれたのだとレスリーは知っている。

レスリーは最初のころのように、ジェラルドの能力に嫉妬して、卑屈になることはなかった。ただ純粋に、すごいやつだと感心した。

彼は守るべきもののために、正々堂々と戦える、勇敢なアルファだ。

そんな男のつがいになれたのだ。僕も彼にふさわしい存在になるべきだ。

「それにしても、ジェラルドは人気者だ。自分のつがいがこんなにもてるとは気分がいい」

幸運にもよく晴れた日のことだった。レスリーはジェラルドを眺めつつ無意識に口から本音を漏らし、隣で聞いていたセオドアは口笛を吹いた。

「きみたち、雑談ばかりしないで助けてくれ」

のんきなレスリーたちの会話に、不満を訴えるのはジェラルドとサイモンだ。彼らの体はすっかり花に埋もれてしまって、今や花のおばけのようだ。

六月の祭典は、よく晴れた空のもとに開催された。

娯楽の少ない学生たちは、ささやかなイベントを精一杯に楽しんでいる。

芝生に建てられたポールは全て花で飾られている。

いたるところで楽団が演奏し、笑顔が弾け、ふだん紳士然としたアルファも子狐のように跳ね回っている。

いまや祭りは最高潮を迎え、人気のある生徒は皆から贈られた花で作ったブローチや王冠に埋もれて、体のラインがわからないくらいだ。

こうやって浮かれている姿は、みんな変わらないんだなあ、とレスリーは思った。

アルファとベータ、そしてオメガが、平等な世界はすぐには実現しないだろう。性質が違うものたちだから、反発もあるだろう。

けれどこういった姿を見ると、悲観的にならなくてもいいのではないかと思う。

「それにしてもヴィンセントが代表にならないのは甚だ残念だ。こんなに人気なのに」

セオドアは自分に贈られた花を品定めして、ジェラルドとサイモンにぷすぷすと刺しながら、そんなことをぼやいていた。

みょうに花が少ないと思っていたが、どうも自分の気に入った花以外は勝手に他の人間にふりわけているようだ。

「そもそも自分が代表やるって選択肢はないの？」

「いや、僕はそういう派手なのはちょっと」

華麗な容姿で肩を竦めるものだから、レスリーは冗談なのかどうか悩んだ。

「モートンは役者志望だからあまり権力者になってしまうと監督が使いにくい」

ジェラルドが微妙なフォローをする。その金色の髪は今やとりどりの花で飾られて、まるでエデンを流れる川のようだ。

「そうなんだよ。ただでさえ、顔が良すぎる役者は主人公より目立つからって新人のときは苦労するっていうのに……」

ふいに何かに気付いたらしいセオドアが言葉を切って、背を伸ばして目を丸くした。

「クリーヴランドだ」

つられてレスリーたちが振り返れば、確かにクリーヴランドがいた。いつもよりも硬い顔で、大股でこちらに近づいてくる。取り巻きたちが、おそらく彼に贈られた花束をどっさり抱えている。そのうえ彼自身も、両手に真っ赤なバラを抱えているので、まるで花畑が歩いているようで壮観だった。

「ジェラルド」

彼は凛とした声でライバルの男を呼んだ。

「どうしたんだ、その花……」

ジェラルドが言い終わる前に、バラの花束はジェラルドに押し付けられていた。

「今までの大人気ない言動の数々を、私は君に謝ろうと思う」

あっけにとられている周囲にかまわず、彼は朗々とした声で言った。

「私は悔しかったのだ。君は僕をちっとも構わないから、やけになってしまった。君は美しく、賢く勇敢で、すべてにおいて私よりも優れていることを認めたくはなかった」

「いや、そんなことはないだろう」

ジェラルドは若干引きながらそう言った。確かに言い過ぎだ。クリーヴランドは性格に多少問題はあるが、ジェラルドに劣ることはない。

けれどそんなフォローを返すよりも先に彼が口を開いた。

「愛している。私は君を愛していたんだよ、ジェラルド。だから私を少しも振り向いてくれない君が憎かった。君の寵愛を受けているレスリーに嫉妬した。それだけのことだ」

正々堂々、という言葉が似合いそうなほどの潔さでクリーヴランドはそう宣言した。

「君がまことに愛している存在を、我々に打ち明けてくれたことを私は嬉しく思う。できれば私が一番に知りたかったが、祝福するよ。どうかその花を受け取っておくれ。私もまた、君の主張のように、平等な社会を目指そうと思う」

「ああ……」

気負された様子でジェラルドが頷くと、彼は満足した様子で踵を返して去っていった。

取り残されて、しばらく呆然と立ち竦むジェラルドが、おずおずとレスリーたちを見たとき、レスリーは思わずおめでとうと言って、手にしたバラを彼の胸に挿した。


「ライラック、すずらん、クレマチス、かすみ草、ガーベラに、マートル、ヤマユリ、これはあじさい、後はバラ、バラ、バラ……これはドライフラワーにしようかな」

ジェラルドの体のあらゆる場所に飾られた花たちの名前を呼びながら、レスリーは一輪一輪グラスや花瓶に挿したり、まとめて縛って天井から吊り下げたりした。

フロア中の容れ物をかき集めたので、ジェラルドの部屋はどこもかしこも花だらけだ。

胸がいっぱいになるほど、あらゆる花の香りがする。けれどその中で、レスリーが一番魅力を感じるのは、ベッドで転がっているジェラルドの汗の匂いだ。

「バラの名前はさすがにわからないのか」

「バラの品種がどれくらいあるか知っているのか？　ああ、このバラなら知っているよ、イングリッド・バーグマン」

大きな花束までは賄えないから、間に合わせにたらいでも借りようとレスリーは考える。

「リージェンツ・パークの一番を持つ真紅のバラだ　さすがクリーヴランドはキザだ」

「やめてくれよ、思い出してぞわぞわしてしまう」

「あなた、クリーヴランドに告白されて感じたのか？」

笑うと、ジェラルドがレスリーの腰に手をまわして、ベッドに引き込んでくる。

クリーヴランドに告白されてから、ジェラルドはおかしなスイッチが入ってしまったらしく、ずっと酔っ払ったようにくすくす笑っている。

笑いすぎて潤んだ目が、相変わらずきらきらと輝いて美しい。

レスリーは彼の頬を両手で包み込んで、うっとりとしばらく見とれた。

会えないあいだ、この存在に、どれほど焦がれてきたことだろう。

「あなたは地上の星、僕を導く美しい一番星だ」

「だったら君は僕のお天道《てんとう》さまだ。レスリー。初めて会ったときから輝いて見えた」

ジェラルドはレスリーの手のひらに頬を擦り寄せて、しばらく優しくレスリーを眺めていたものの、ふと首を伸ばして唇に触れてきた。

柔らかく触れ合うくちびる同士が、密やかに、濡れた音を立てる。彼の匂いが肺を満たすと、レスリーはいかに自分が彼に飢えていたかを自覚せずにはいられなかった。

彼のたくましい首に腕をまわして引き寄せる。口を開き、彼の舌を迎え入れ、あふれる唾液を飲み込んだ。

どくりと、体の奥のほうで、熱い蛇が息づきはじめる。体を擦り寄せて、足を絡み合わせると、それは明確な興奮となって、鎌首をもたげるのだ。

レスリーはその、眩しさを感じるほどの衝動に鳥肌を立てた。

今すぐに、抱いてほしい。その手でくまなく撫でて、敏感な部分全てにキスをして。

レスリーは腰を擦り寄せて、彼の口の中に自分の舌を差し伸ばした。そして最初のとき、ジェラルドがレスリーのなかで動かした指のことを思い出しながら、舌を抜き差しする。

最初はおとなしくされるがままだったジェラルドは、急にレスリーの意図を理解した様子で、戸惑って顔を引き、レスリーをまじまじと眺めた。

「そういうの、嫌いじゃないのか？」

レスリーはかぶりをふった。

「また発情期が来たのか？」

「発情期じゃなければ、したらだめなの？」

訴える目でジェラルドを見ると、彼はしばらく難しい顔をしていたが、やがて再び顔を近づけて、キスをしてきた。

「んっ……ふ」

先ほどよりも激しく、舌を絡ませ合う。唇を噛んで、奪うような口づけだった。

　ジェラルドはすぐに息を荒げた。レスリーをまさぐる指が、後ろにまで伸びてくる。

「触っていい？」

「あっ……うん」

　布越しに、双丘のスリット部分に指を這わされる。それだけでレスリーは期待を感じて、つま先でシーツを蹴った。

「はは……どうしてだろう。抑制剤を飲んでいるのにな」

「僕もだよ」

　赤い顔で、少し困惑しているジェラルドに、レスリーは微笑んだ。

「でも、今、したい」

「あっ……でも、準備が」

「それなら」

　そう言って、ジェラルドはポケットから避妊具を取り出した。それを見せつけられて、レスリーはむっとしてこめかみを軽く痙攣させた。

「なんだいそれ、なんで持っているんだ」

「さっきの花束につけられていたんだ。携帯用のジェルもある」

　そう言って彼は、いたずらっ子のように、背後の赤いバラの花束を指し示す。まさにクリーヴランドから贈られたものだ。

「まさかの次期総長お墨付きだ」

「……」

レスリーは複雑な気分でジェラルドにキスをして、早くしようと、耳打ちをした。


夕暮れ時の寮内で、階下から生徒たちの話し声が聞こえてくる。

二人は全ての服を脱ぎ捨てて、裸で抱き合っていた。

シーツをかぶって、手探りで、息を潜めて、互いの体を高め合う。レスリーはジェラルドの体をくまなく指で探索した。彼の肌はなめらかで熱い。くすぐったがる部分を重点的に責めると、皮膚がぴくぴくと動いて、笑うのを我慢するような顔をする。そのあどけなさといやらしさのバランスがたまらなくて、レスリーは熱心に彼に触れた。

ジェラルドは触れられれば触れられるほど、不思議に甘いような匂いをにじませる。アルファからも、つがいの相手にしか感じ取れないフェロモンが出ているらしい。この香りが自分にしか堪能できないなんてもったいない。レスリーは深追いして彼の脇に鼻をつっこむ。柔らかい金の体毛がしげる腕の付け根のくぼみは魅力的に感じられたのだ。

「そこはやめてくれ、くすぐったいだろ」

嫌がるジェラルドに、レスリーはちょっと興奮してしまった。

「んっ……ああ」

ジェラルドの指は、すでにレスリーの内側に触れていた。

イースター休暇中の発情期には使わなかったアヌスは、ジェラルドの人差し指が触れるだけで、はくはくと呼吸をはじめた。

「いれて。いれてほしい」

期待のあまり声をつまらせながら、レスリーは、彼の指にそこを擦り付けた。

ジェラルドはそれに応えて、そこにジェルを塗ると中指を彼の深くまで差し入れる。

「あっ、はいって……」

「気持ちがいい？」

掠れた声で尋ねつつ、ジェラルドは、もう一方の指で会陰《えいん》を押さえてくる。

「んんっ……！」

鋭い快感が電流のように背筋を駆け上がって、レスリーは腰を浮かせた。

「はあ、はあ、あっあ」

軽い絶頂に痙攣する体を、ジェラルドが愛おしそうに見つめている。

「良さそうだ。良かった」

「んっあ、まっ」

止まっていた指が再び動き始める。レスリーの内壁を擦り、断続的に感じる部分を押し上げてくる。それだけで、ろくに触れられてもいないのに、レスリーのペニスはたち上がり、ぴくぴくと反応した。

「指……んっ」

二本目が入ってくると、レスリーは無意識に足を大きく開いて、指の動きに合わせて体を揺らした。うつろな目で快感を追うレスリーの姿に、ジェラルドが息を呑む。

「ああ……挿れたいな」

あまりに率直に求められて、レスリーは笑ってしまった。

「うん、早く……来てほしい」

冗談まじりのつもりだったのに、口にすると意外なほどに切実だった。

ジェラルドの目の色が深くなり、あわただしく指が増やされる。彼の太い指で擦られると、体の奥から熱いものが滲み出して、内側から濡れてゆく。

「あっ、そんな、んんっ、そこっあっ」

ぐちゃぐちゃと音を立ててかきまわされて、レスリーはかぶりを振って声を上げた。気持ちがいい。恥ずかしい。でも早く繋がりたい。

「ジェラルド！」

抱きつくと、彼がしっかり抱き返してくれる。

「レスリー……」

掠れた声で呼ばれ、耳元にキスをされる。そして足を割って、彼が腰を重ねてくる。

ジェラルドのそこは熱くて濡れていて、レスリーは目を閉じてそれが来るのを待った。

「は、はいって」

彼がぐっと体重をかけて、ぬるりと、レスリーの中に潜りこんでくる。待ち望んだ硬くて太いものは、レスリーが、触れられたくてたまらないところを容赦なく押し上げてくれるから、腰骨が溶けそうなほど気持ちがいい。

「はあっ、あ……あっん！」

ぐっと奥までつき挿れられて、レスリーは跳ね上がって目を開いた。

すぐ間近で、ジェラルドがレスリーを見つめている。欲望にまみれているというよりも、辛くないか、心配しているみたいな顔だ。

「ジェラルド……」

レスリーは彼の金の髪に指を絡ませて口づける。ジェラルドはレスリーを抱きしめて、耳の後ろに鼻をつっこむと、思い切り息を吸った。さきほどの仕返しなのかもしれない。

レスリーの熱い穴は、ジェラルドの剛直にゆっくりと順応しジェラルドが動いたわけでもないのに、形を確かめるように蠢《うごめ》きはじめた。ジェラルドも気付いているだろう。自分の体の反応が恥ずかしくて、レスリーは彼に耳打ちした。

「気持ちいい、もっと揺らして」

「……うん」

ほっとしたように彼がレスリーの腰を掴んで、抽送を始める。

「はっ、は……んっあ」

激しくはないけれど、確実にレスリーが感じるポイントを擦り上げてくる。

「ねえ、二度目なのに、そんな……」

「言っただろう、耳年増なんだ。勉強したんだよ」

少し恥ずかしそうに、ジェラルドは打ち明ける。なあ、レスリー、気持ちがいい？

「んんっあああっ！」

腹の形が変わりそうなほど、ぐっと弱い部分を押し上げられて、レスリーは思わず人きな声を上げた。反射的に逃げる腰をジェラルドは押さえつけ、さらに強く抉ってくる。

「……っっ！」

びくん、と大きく跳ね上がって、レスリーは一度目の絶頂に達した。

「はっ、あ……ああっ」

そのまま、震える隘路《あいろ》をこそげ落とす勢いで、ジェラルドが小刻みに何度もポイントを刺激するから、レスリーは息をつく暇もなく、二度、三度と極まった。

「あーっ、あっあ！」

三度目は、ペニスを指でくじられて、レスリーは失禁したように薄い精液を垂れ流す。

ジェラルドがそれを指ですくいとり、たまらないとばかりに目を細めながら、互いの下腹部にぬりつけてゆく。

「レスリー、いい香りだ」

首筋に鼻を埋め、彼が囁く。レスリーのここ、ぐしゃぐしゃに濡れているね。

指摘の通り、レスリーの後ろからは、だらだらと蜜が溢れてシーツを汚している。

「あっ……あっ」

内側が発火したように熱い。ジェラルドのペニスに擦られて、どうしようもなく気持ちがいい。

「あっ、じぇら……も」

「んん」

ジェラルドは、レスリーの両足を折りたたむと、より深い場所にまで入ってきた。先端が、狭い道の奥にある、壁につきあたる。

「はあ、はっあっ」

ジェラルドがその壁を、リズミカルにノックする。そのたびにレスリーは、体がマットにめりこみそうなほど、深い衝撃を受けた。骨の芯からにじみだす、脳をとろかす、泥のような官能だ。

「は……ん」

がくり、と体から力が抜けると、レスリーは深く後ろで絶頂した。ペニスからは力が抜けて、一瞬何も考えられなくなる。

ジェラルドがそこに先端をこすりつけて、静かに達する。ゴムごしの熱さに、レスリーは本能的に体の奥をすぼめて、吸い取ろうとする動きをした。

「んっ、レスリー」

たまらない声でジェラルドが彼を呼び、気持ちいいと囁いた。

自然とレスリーは微笑んだ。とても幸福だった。

「ジェラルド、愛している」

言葉は自然と唇からこぼれた。

ジェラルドが信じられないという顔でレスリーを見る。

やがてその表情がゆるみ、赤ん坊みたいなくしゃくしゃの笑顔で、僕も、と囁いた。

彼の青い目から、星屑が落ちてきそうだった。


夕暮れ時、帰路につく外部の客たちに、花が配られる。

レスリーもジェラルドとともに花束をまとめて、去ってゆく人々に渡していった。

ジェラルドは赤いバラの花は最後まで面倒をみることにしたらしい。

少し妬けるけれど、人の気持ちを大事にするジェラルドが、とても愛おしい。

それから部屋に戻ると、取り分けておいた花で、レスリーは新たな花冠を編んだ。

日没とともに、キャンプファイヤーが始まると、一部の生徒たちは二人一組で花冠を手に、敷地に流れる川に集まってくる。それが今日最後の、密やかなイベンドだ。

川辺の二人組は皆恋人同士だ。思い思いのタイミングで、仲良く花冠を川に浮かべる。想い合う二人の関係が、長続きするようにと願いながら。沈むのが遅ければ遅いほど、恋が長く続くと言われており、皆が真剣に、流れてゆく花冠を見送っている。

その中にレスリーたちも参加していた。キャンプファイヤーの焔に照らされながら、皆の願いを乗せた花冠は、静かに川下へと消えてゆく。

その間、アルファ同士、アルファとベータ、多くのカップルのなかに、自然と自分たちが溶け込んでいることを、レスリーは感じていた。

これからの人生は、決して平坦な道ではないだろう。

けれどレスリーは、もうオメガだということを隠さなくても、ここにいられる。生きてゆける。アルファにならなくても、オメガのままでも、認められている。

もうすぐバカンスが始まり、新学期になればレスリーたちは最高学年だ。一年で世の中がどれほど変わるかわからないが、レスリーは大学進学を諦めていなかった。夢は願い続ければ叶うのだと、ジェラルドに会って知ったのだ。

彼がいてくれるから、レスリーは希望が持てた。そんな相手に出会ってしまった。

「好きだよ、ジェラルド」

今一度、心をこめて囁けば、恋人の目は水面のように美しく揺れた。
そして、僕も、と愛を返してくれる。そんな幸福を、教えてくれる人。
僕のアルファ。麗《うるわ》しきかたわれ。僕の未来。愛している。

■あとがき■

こんにちは。このたびは『アルファの園の、秘密のオメガ』をお手にとってくださり、ありがとうございました。

アナザー・カントリーやモーリスなどを摂取して、すくすく育って参りましたので、BL小説を書くなら是非パブリックスクールものに挑戦してみたい、あとオメガバースものもやってみたいです！　というよくばりセットでウキウキと書き始めました……のはいいのですが、何もかもが自分の棚には見当たらず、試行錯誤の日々でしたので、出来上がった喜びもひとしおです。

ジェラルドとレスリーはとても真摯に生きていこうとしている二人ですので、試練も多いかと思いますが、希望のある未来であればいいなと思います。

二人とも頑固なので喧嘩もたくさんするでしょうし、あふれるくらいの言葉をぶつけあって、辛いときには甘え合って、にぎやかに日々を乗り越えていってほしいものです。

今作も、本当にイラストレーター様に助けられました。キャラが定まらなくて迷走していたところに松尾マアタ先生の、凛として大きな目が印象的なレスリーのキャララフを頂きまして、これだ〜！　と思ってどうにか舵をとれるようになった気がいたします。

あと、ジェラルドがほんとうに格好良くて、ラフのときから震えるほど好きで……みて……ほんとうにかっこいい……という気持ちをもう何ヶ月も抱え込んできているので、本が発行されましたら、しばらくは、みて！！！　かっこいい！！！！　という自慢を狂ったようにしてしまいそうです。

そんなこんなで今作はいつも以上に担当様にご迷惑をおかけいたしました。いつも優しく丁寧にご指導くださり、介護か？　というレベルでお世話になりました。ありがとうございました。

本書を手に取ってくださった皆様もありがとうございました。

楽しんでいただけましたら、とてもとても嬉しいです。

それではまた、お会いできましたら幸いです。

Si

初出
「アルファの園の、秘密のオメガ」書き下ろし

CHOCOLAT BUNKO

この本を読んでのご意見、ご感想をお寄せ下さい。
作者への手紙もお待ちしております。

あて先
〒171-0014東京都豊島区池袋2-41-6
第一シャンボールビル 7階
(株)心交社　ショコラ編集部

アルファの園の、秘密のオメガ

2019年10月20日　第1刷

著　者:Si
発行者:林 高弘
発行所:株式会社　心交社
〒171-0014　東京都豊島区池袋2-41-6
第一シャンボールビル 7階
(編集)03-3980-6337 (営業)03-3959-6169
http://www.chocolat_novels.com/
印刷所:図書印刷 株式会社
